Ludovic Lefebvre

2 68 07

Éditions Dédicaces

2 68 07, par LUDOVIC LEFEBVRE

EDITIONS DÉDICACES LLC

www.dedicaces.ca | www.dedicaces.info
Courriel : info@dedicaces.ca

Ludovic Lefebvre

2 68 07

Première partie
1 59 06

Chapitre 1
Sans délais

Il est 5:50 A.M. sur l'horloge électronique sponsorisée par Bord le célèbre constructeur automobile américain; 1 59 06 est en retard, l'inexcusable fatigue l'a poussé à une impardonnable paresse. Pourtant il n'a que cinquante trois ans, soit trente deux ans avant l'âge légal de la retraite. Il prend soin de ne pas réveiller 2 68 07 sa partenaire de foyer qui travaille de nuit. Son successeur à la consommation âgé de huit années est déjà éveillé. Il déjeune avec son verre obligatoire de caco calo et de ses brownies lait, amandes, miel, chocolat qui sont bons pour la santé. La nappe est, comme tout revêtement, couverte d'encarts publicitaires. Le petit 1 36 11 remarque une réclame pour le robot gueuledeyack qu'il n'avait jamais vu. Il l'exige en pleurant à son géniteur de consommation. Ce dernier, ferme, refuse de lui payer le jouet électronique avant le soir. L'enfant geint une longue minute de plus et obtient de le recevoir dès midi par chronocost à l'école.

La montre téléphone portable de 1 59 06 vibre. Il est l'heure des quinze minutes publicitaires de la première matinale obligatoire. Il se rue en compagnie de sa progéniture consommatrice vers la porte qu'ils déverrouillent par commande vocale. L'ascenseur est sollicité de la même manière et les descendent jusqu'au rez-de-chaussée en les gavant de publicités orales en sus. La machine glisse silencieuse de ses rouages et bruyante de sa cacophonie mercantile à l'instar du monde dans lequel, ils évoluent.

Ils sortent en courant, puis passent un doigt dans l'orifice du vérificateur électronique qui ouvre la large porte métallique du local à deux roues. Ils enfourchent leur vélo zitane en carton compressé entièrement biodégradable. Ils ont la joie le long de leur trajet respectif d'être accompagné d'un radieux soleil. 1 59 06 n'a pas payé sa taxe solaire pour rien cette année, c'est mère nature qui le gâte en ce divin printemps 2056 (année de la sole d'élevage et des amputés cambodgiens).

Il a une belle situation : vendeur d'espace publicitaire. C'est un emploi à deux mille cinq cents dollars, à objectif atteint. C'est-à-dire que c'est un nanti parmi les deux cent quatre vingt treize millions de consommateurs français.

Avec son salaire et celui de sa partenaire de consommation il peut payer un appartement trois pièces en location à deux mille dollars par mois à Caco Calo Land, louer un cartombike à deux cents dollars et manger tout le mois. La plupart des administrés de la zone marketing France vivent dans les bidonvilles et travaillent à des métiers plus pénibles pour cinq cent dollars par mois. Ils meurent si jeunes qu'ils n'atteignent jamais la retraite ou deviennent si faibles qu'ils sont licenciés et se retrouvent sans la moindre ressource. Il y en à bien qui volent ou cultivent un lopin de terre, mais lorsqu'ils se font attraper et c'est souvent, ils subissent la peine de mort. 1 59 06, lui, peut emmener sa famille à Mickey Mouse beach (anciennement Fréjus) tous les trois ans pendant ses cinq jours de congés payés. Il n'y a pas à dire, c'est une autre vie. C'est le bonheur. Il a failli être en retard, la pointeuse était à l'orange. Il faut savoir qu'il en est à son sixième retard en dix huit ans plus trois délits de mauvaise humeur. Dix retards et cinq délits de mauvaise humeur entraînent le gel du compte en banque et la suppression de la carte bleue.

Le grand ordre bancaire ne rigole pas avec le règlement qu'il a institué et que les politiques, bien sûr, ont voté. Et la conséquence est sans appel : l'égout. L'égout est la dénomination au sens propre et figuré du lieu de vie des Français qui sont sortis par perte d'emploi du statut de consommateur. Se nourrissant de déchets du monde du dessus, ils n'ont aucune forme de système d'ordre ou de protection. Seul règne la loi du plus fort, du plus sauvage, c'est le seul qui mange et survit. 1 59 06 s'installe sur son tabouret et commence à passer ses coups de fil : 252 appels par jour, 9 contacts établis et sept ventes. La méthode est rodée, simple et efficace. Plus qu'une heure dix avant la coupure pub obligatoire ou C P O, il s'active.

Chapitre 2
Le bon docteur

Sa personnalité disparaît, il récite l'argumentaire et applique la technique de traitement des objections, les deux appris par cœur dix huit années plus tôt et qui n'ont jamais variés.

Son uniforme blanc, symbole de bonne humeur, son sourire commercial qui s'entend au téléphone, il a la culture d'entreprise en adéquation, pas le choix. Les prospects l'invectivent le plus souvent, et lorsqu'il va mal de trop d'insultes reçues, il va alors consulter le bon docteur Miller. Le bon docteur Miller est psychanalyste pour commerciaux publicitaires au sein de l'entreprise. On s'allonge sur son divan, puis on raconte sa vie pour comprendre à la fin que nous sommes mauvais et coupables des insultes que nous recevons. Il nous est donc impératif de se remettre en question, de changer d'état d'esprit pour ne plus entendre d'injures.

Pour commencer, il nous est nécessaire de reconnaître que nous sommes génétiquement dérangés comme le prouvent l'Histoire et la nouvelle philosophie. La guérison peut alors commencer. Le bon docteur Miler est un homme à la chevelure très dégarnie, aux lèvres pincées ou aux petites lunettes rondes, qui est toujours au bord de la crise de nerfs. Il n' y a pas de délits de mauvaise humeur pour lui, car s'il est dans cet état, c'est parce qu'il fait éponge des névroses de ses patients. Lors de la première consultation, il demande s'il est beau. Souvent le malade répond non et c'est ainsi que le médecin de l'âme décèle la pathologie profonde. Car trouver laid le docteur Miller qui séduit énormément est la marque d'un narcissisme profond, déformé et brisé à la fois. Profond, car n'être rien qu'un consommateur et oser avoir un avis péjoratif sur un thérapeute montre un égocentrisme atrophié qui est la marque de la susceptibilité et de la paranoïa plongeant dans le statut de victime se croyant persécuté par les insultes téléphoniques. Déformé, car lui est beau et en le trouvant laid, la preuve du miroir à la psyché inversée est faite. Brisé, car une mégalomanie si lourde avec une sous estime masquée par une telle arrogance a détruit le Moi de l'individu. Il n'est pas rare, et c'est même toujours le cas, que le sujet ait raté sa prime enfance en ne couchant pas avec sa mère et en ne tuant pas son père. Il en a été empêché en étant victime d'attouchements par ses deux parents qui lui passaient les fesses au talc lorsqu'il était nourrisson. Il est donc passé d'actif à passif, de libre à névrosé.

Et qu'est ce que le talc sinon du sperme symbolique séché et donc sa mort désirée inconsciemment par ses géniteurs ? Cette poudre infanticide, modèle de tous les génocides de l'humanité, est la source du déséquilibre persistant chez l'être. Là est la clef. Comprendre ceci, comprendre que l'on est un être souillé et que cette souillure nous pervertit en tout permet d'idolâtrer le monde merveilleux qui nous entoure, la chance de l'existence radieuse qui est la nôtre. La thérapie est alors achevée et lorsque les gros mots pleuvent par le combiné téléphonique, le vendeur d'encarts publicitaires sait alors qu'il est en défaillance et qu'il interprète mal des compliments faits autrement par une belle pudeur. Espèce de con, par exemple, signifie que le commercial est aussi appréciable, que le plaisir ressenti dans le vagin d'une dame, qu'il a l'honneur d'être comparé à l'œuvre de Gustave Courbet "La Naissance du Monde". Et s'il sait percevoir son second degré à la pertinence psychanalytique il est sauvé dans ses objectifs. Il pourra finir chef des ventes, dans vingt ans à deux mille sept cent euros mensuels, avoir dix jours de congés payés tous les deux ans. 1 59 06 pense que tout ceci

12

est de la foutaise, mais il ne dit rien pour ne pas perdre son emploi ou sa carte de crédit. Il assiste aux consultations lorsque ses objectifs sont durs à atteindre ou que les insultes lui mettent la rage au ventre pour faire des breaks dans ses longues journées de téléphonie sans être sanctionné.

14

Chapitre 3
Outre mangeurs et outre monde

Midi et trois CPO faites, le prospecteur fait sa pause déjeuner. Il ne va plus chez fast burger, mais chez maque vite depuis dix mois. En effet, lorsque son poids atteindra trois chiffres, il aura droit à trente huit pour cent de réduction permanente dans ses achats les jours impairs. Une aubaine budgétaire qu'il ne saurait laisser s'échapper. Dépêchons nous de prendre avant que ce ne soit plus à prendre comme dit l'excellent slogan des assurances PAN. La pause est de vingt sept minutes, cigarette journalière autorisée comprise. La pointeuse passe vite au rouge. Frites prémâchées, sandwich chaud prédécoupé, milkshake avec paille propulsante et pilule dentifrice, le tout pris en marchant. Et çà repart sur une CPO et les appels donnés avec enthousiasme.

Il y a encore eu trois suicides dans ce petit building de soixante treize étages pendant la coupure repas dont une défenestration. Ces dépressifs fragiles dans une si belle démocratie sapent le moral de tout le monde. Et les consommateurs doivent être vigilants pour ne pas se laisser entraîner dans la spirale des loosers.

1 59 06 n'a pas oublié d'acheter et de faire envoyer le jouet promis ce matin à 1 36 11. Aucune plainte possible ne peut être envoyée à Enfance en péril, le voici rassuré, un gel de compte courant pour maltraitance est si vite arrivé de nos jours. Déjà, en faisant l'amour en étant au dessus à 2 68 07, pourtant à sa demande, il avait eu maille à partir avec Féminisme Vaincra à qui sa partenaire de consommation avait envoyé l'enregistrement pour se venger de l'achat d'une

robe refusé. Il ne manquerait plus que son fils réussisse à exercer le même chantage. Il se souvient agacé de ce caprice féminin, il avait réussi à lui faire retirer sa plainte en payant trois robes, mais l'association victimaire inscrite dans la très respectable institution "Quinze hautes autorités morales inquisitrices corporation" s'était portée partie civile. Il n'avait dû son salut qu'à la phrase émise par 2 68 07Q ; "Ho oui, gros salaud, j'aime que tu sois sur moi".

Depuis 2027, il est inscrit dans la constitution qu'une caméra doit filmer en permanence la chambre des couples afin de mettre fin aux violences faites aux femmes et depuis 2032, il est reconnu comme un abus de pouvoir du mâle consommateur de se mettre sur la femme pendant l'amour. Heureusement, sa compagne de consommation est chirurgien donc n'a le droit de travailler que de nuit afin de ne pas créer d'incitation d'absentéisme au travail. Et double chance, elle bénéficie d'une prime de nuit de deux cents dollars par mois ce qui porte son salaire à mille sept cents dollars. Hélas quatre cents dollars de pénalité sont ponctionnés sur les deux salaires, car l'origine suédoise de 2 68 07 n'est reconnue que comme tierce assimilée puisqu'elle est européenne et que c'est jugé insuffisant dans le MOCPM ou métissage obligatoire des consommateurs pour la paix mondiale.

Il y a des jours et c'est même tous les jours où 1 59 06 aimerait appartenir à la G O D E ou gouvernance d'ordre débilitant par ses élites. Leur leader Jim Baker s'est offert le salaire d'un milliard puissance vingt mille dollars. Lui et sa famille vivent au château de Versailles qu'ils ont fait recouvrir d'une pellicule de diamant et fait étendre à toute la ville éponyme. Il aura la retraite à trente huit ans car ayant commencé ses fonctions qu'à trente deux ans. Il est dispensé de CPO, roule avec des véhicules à moteur, n'est pas tenu au MOCPM, n'est pas accusable du moindre crime et délit, il est interdit de lui parler ou de le regarder dans les yeux si on est un consommateur, il a droit de vie ou de mort sur chacun et c'est lui qui ordonne la politique, l'économie, l'armée, la banque et la publicité dans le monde.

Comment a-t-il eu ce poste ultra-privilégié ? Son arrière grand père est l'un des pères fondateurs de la mise en place de ce système et c'est un poste tournant entre une centaine de familles. Personne ne peut s'y inclure et personne n'en faisant partie ne souhaite s'y soustraire naturellement. Qui souhaiterait

Etre un consommateur et pis un exclu ?

D'avoir mis en place une gouvernance mondiale rotative donne l'illusion démocratique. Quelques postes clefs qui feraient rêver beaucoup sont attribués à des consommateurs. Ils donnent une illusion de justice sociale, mais ne sont que le nécessaire paravent à un système mafieux parfaitement inéquitable complètement hors de toute méritocratie, totalement totalitaire. Ces emplois charnières sont ceux de gérants de grands groupes ou de chef d'Etat. Etat qui n'en a plus que le nom, ombre chinoise si déformée que le reflet n'a plus rien de commun avec l'objet. LE G O DE entre dans un puits sans fond, un tonneau des Danaïdes, un trou béant qu'est son propre appétit. Il veut toujours plus, n'en n'a jamais assez. C'est une course vaine contre la satisfaction puisqu'il y manque les cases spirituelles, humanistes, élitistes de l'effort. Sa devise pourrait être : "Ce qui est à toi est à moi et ce qui est à moi ne sera jamais à toi". Ou encore "Tout pour ma gueule grande ouverte". Ce système esclavagiste est entré par la faille utopiste de pays libres et prospères désireux de s'ouvrir au monde. Et les populations, le cœur en avant ont œuvré en toute inconscience à cette destruction de l'identité humaine.

Car qu'est d'autre un humain si ce n'est un animal social ? C'est-à-dire un être doté d'un corps, d'un esprit, d'une culture, d'une Histoire, d'un espoir de devenir et de perdurer ?

Stanislas Blackbird alias Stan the crow a un avion en or massif et rubis dont les sièges en tigre albinos et ivoire sont quatre fois plus grands que la taille standard. C'est laid, inutile, sans but artistique, technologique ou écologiste mais c'est et c"est à lui. Sa propriété, égoïste et méchante - puisque c'est par la mort de travailleurs sous payés qu'elle est obtenue - est devenue l'idéal bien triste d'un monde navrant. Les religions et leur dogme, leur droit, leur politique furent souvent plus qu'imparfaites, mais elles paraissent bien douces à la vue de l'univers marketté devenu. Comme le rêve marxiste était élevé, élégant, altruiste et fut dans les minutes de sa réalisation transformé en cauchemar, le songe libéral droit de l'hommiste se mua tout aussi vite en une terrible oppression planétaire esclavagiste. Des excès du racisme naquirent en réaction la mort des races, des peuples, de leur intelligence. Et depuis errent des milliards de consommateurs en souffrance, privés de repères, d'authenticité, plongés dans un système où leur animalité comme leur ingéniosité, leur désir d'élévation, leur personnalité ne peuvent s'exprimer. Population malade de l'artificiel, du mensonge subi, de la propagande, de la terreur, de la précarité, de la tâche stupide à accomplir pour survivre dans la sphère de la vie interdite.

1 69 06 a fini sa journée de labeur. Il a fait treize ventes et en continuant ainsi, il peut espérer une promotion un jour. Une promesse qui n'engage que celui qui y croit puisque même le sous chef n'a jamais été promu. L'illusion est l'espoir vital lorsque l'espoir n'est plus accessible.

Les chirurgiens, les érudits, les savants ont perdu tout prestige, ils ont un salaire bien moindre que celui du vendeur et ont la même façon de vivre imposée, il en est de même pour les travailleurs manuels. Tous ne sont rien, n'ont le droit à rien, crèvent la faim alors que, par exemple, Jorge Schuman, qui a le monopole du papier hygiénique, a une propriété de la taille d'une ville au bord de la mer et trois cent quarante sept domestiques à la disposition de sa famille.

Autre détail d'importance, seuls les membres du G O D E ont le droit de porter un nom, les autres ont un matricule.

18

1 69 06 est sur son cartombike, il aime ce jeu border line qui consiste à observer son compteur et à jouer avec le chiffre vingt. Le bicycle est relié comme tous les véhicules des consommateurs à un satellite espion et si les vingt kilomètres par heure se changent en vingt et un kilomètres par heure alors l'usager a une amende du tiers de son salaire prélevé automatiquement sur son compte bancaire et le retrait du précieux véhicule pour une durée de trois mois.

Chapitre 4
À table

Plus qu'une CPO et la cellule consommatrice d'1 69 06 va pouvoir se détendre bien tranquillement devant la télévision après un bon bain collectif afin de préserver l'environnement.

Les corps propres, chauds et secs sont dans leur pyjama à effigie de l'entreprise du vendeur acheté au quart de prix grâce à la cotisation obligatoire au comité d'entreprise. Il est inscrit : "Grâce à la publicité, montrez-vous joyeux". Ils ont des pantoufles chaussettes toile unique que 2 68 07 subtilise à l'hôpital. Trois heures pleines encore à être réunis en famille, une chance dont ils jouissent de tout leur champ de manœuvre. Le steak au soja renforcé d'oméga trois saveur bœuf charolais gonfle au micro onde grill à chaleur tournante en alternance. Les haricots verts bios avec seulement sept pour cent d'agents de saveur garantis avec moins de quarante pour cent d'OGM absurdes de la CEE reverdissent dans l'eau bouillante de l'auto cuiseur à diffusion de vapeur saupoudrée à la verticale. Ils ont mis sur la table une bougie électronique senteur fraîcheur de torrent en crue des Alpes. Le néon de la salle à manger diffuse une lumière orange tamisée car 1 59 06 a réglé le boîtier à "ambiance romantique festive pour la tribu".

Le petit qui joue à casser son gueuledeyack est de bonne humeur et autorise ses parents à aller faire une pause câline après le souper dans leur chambre à coucher. Ils se regardent avec des yeux amoureux plein de plaisirs à venir.

Pour le moment tous se régalent de leurs œufs tout-faits. C'est une spécialité de la société cotcotcodec. Les œufs de forme pyramidales pour mieux entrer dans la boite et se casser moins aisément sont déjà garnis par injection microscopiques à trous refermables d'emmental de l'union européenne, de champignons de Paris, de persil, de lardons halal (la viande n'est plus cuisinée que selon le rite musulman, pas afin de ne pas froisser cette communauté religieuse, mais parce que ça coute moins cher) de dinde (le porc est interdit dans l'union européenne parce que pas rentable), d'oignons et d'une pointe de muscat. Il suffit de casser le sommet de la pyramide et l'omelette se retrouve toute prête dans la poêle tépal ; il ne reste plus qu'à la faire chauffer. Le vide ordure auto aspirant sous la table débarrasse les restes y compris la vaisselle entièrement recyclable. La location de la trieuse de déchets électrique obligatoire se révèle un gain de temps précieux tout en étant indispensable, écologique c'est un bon investissement forcé.

Deuxième partie
2 68 07

Chapitre 5
Une plage de passion

Le couple n'a pas eu la patience de consommer le dessert. Ils sont allés se consommer directement dans le lit. 1 59 06 a mis son long doigt spécial orgasme clitoridien en caoutchouc, a avalé une pilule du bonheur et a enfilé son préservatif vibrant à picots longs, sa compagne de consommation a mis son string à paillettes bleu, fendu au centre et ses bas chauffants anti transpirant sur lesquels le sperme et la salive ne tachent pas. Le lit électrique réglé en position "sexe" bouge comme un cheval fatigué à la fin d'un rodéo. Le réveil séquentiel est, lui aussi, en position "sexe". Top départ de la première séquence : les vingt trois minutes de préliminaires, c'est la plus importante selon Brigitte Labrousse, grande actrice du porno reconvertie en sexologue philo sociologue spécialisée en intermittents du spectacle qui écoutent la radio. Barry White, le chanteur aphrodisiaque pour préliminaires accompagne comme chaque fois les attouchements.

Pendant ce temps l'enfant gâté l'est encore plus que d'habitude il se goinfre des trois vantettes au chocolat saveur banane des îles mures à point, puis vole dans le congélateur à thermostat variable du Groenland un triple cône crème fraîche au tiramisu authentique du Piémont parsemé de noix de macadamia grillées deux fois par un artisan local. Pas de doute, il ira loin ce petit et il est déjà bien parti pour dépasser les cent kilos avant ses douze ans. Il pourra ainsi bénéficier de la réduction *fast food* qui fera faire des cauchemars de banqueroute à cet odieux clown jaune qui fait peur aux enfants. Il se cale lourd et les paupières plombées devant un jeu d'ordinateur où un ours doit manger des pots de miel en sautant sur des nénuphars.

Les amoureux ayant signé l'accord commercial d'union à la mairie de Caco Calo Land avec le maire déguisé en père noël est en train de trépigner d'extase lorsque la sonnerie numéro deux retentit. La partenaire monte sur son amant qui se débarrasse discrètement du majeur devenu humide, c'est la phase pénétration. Elle s'empale doucement afin de sentir les picots de la capote plier, se déplier, se répartir dans son vagin. C'est son moment préféré, un premier orgasme monte de son bas ventre jusqu'a sa gorge, elle expire en gémissant pour soulager la sensation qu'elle ressent. C'est comme si des dizaines de papillons bruissaient des ailes en elle. Elle écarte un peu plus les genoux pour qu'il soit tout en elle, ses seins lourds, ses cheveux blonds défaits, ses grands yeux verts mi clos qui regardent le ciel lorsque le plaisir est là la rendent très, très belle. Elle est envoutée lorsqu'elle fait l'amour. Son regard se trouble sous l'extase et elle semble être une droguée lorsqu' en son sang coule l'héroïne chaude.

Une chorégraphie tout en grâce distille sa danse charmante orchestrée par la symphonie de ses sens. Elle n'est plus une femme mais un serpent glissant dans la bruyère humidifiée de rosée dans le sous bois d'une forêt équatoriale. La magie se répand épaisse comme un brouillard anglais dans toute la pièce. Son corps se couche violemment contre celui de 1 59 06 à la manière d'un arbre abattu. Les deux ventres nacrés se touchent. Les deux gros seins recouvrent le torse de l'homme. La chevelure les plonge dans le noir. Elle lui mord le cou, lui murmure des mots gutturaux doucement à l'oreille, du scandinave que sa voix rauque rend encore plus mystérieux et sensuels. Son bassin large ondule avec le frémissement léger qu' émet le moucheron dans la toile d'araignée.

Un second orgasme aux allures d'orage se prépare. Son amant est envahi par le souffle chaud qu'elle crache en dragon nordique. Ses deux yeux d'émeraude concentrés dans l'effort le fixent avec intensité. Elle semble en colère. Et c'est une walkyrie furieuse alors qui le chevauche en pleine guerre, en plein assaut. Elle jouit, elle crie, elle râle, elle grogne. Et lui, étalon, pur sang sous elle se sent puissant, instrument utilisé, mais indispensable. Entraîné dans la bataille, il claque ses hanches contre les siennes, prend ses fesses à pleines mains, la ramène à lui et relâche la pression à l'écoute de leurs sensations. Il devient chef d'orchestre et la fanfare désordonnée en apparence est en pleine harmonie. La belle devient éclair, fend le ciel, illumine le monde, rejoint Dieu dans les cieux pour s'écraser ensuite sur le sol sans parachute à la vitesse de la lumière.

1 59 06 n'a plus une compagne de consommation, mais une moitié, sa moitié, une femme, une femme qu'il aime. Il la met sur le côté, se retire un instant pour ôter le préservatif rempart à leur parfaite union. Ils font l'amour ainsi un instant. Son regard supplie. Elle le comprend et se met sur le dos, les jambes écartées. Il se glisse entre ses jambes, ses yeux sont doux, elle est chatte. Elle l'enlace de deux bras sans force, lascive, soumise, tendre. Il la pénètre. Son sexe dur d'amour, de désir va lentement en elle. Tout leur être, toute leur volonté se battent pour ne pas céder à la pulsion libératrice. Le corps de cet homme est le vecteur dont il se sert pour faire passer l'intégralité de ses sentiments forts et amoureux.

Le corps de cette femme accueille cette passion neuve. La frustration qu'ils s'imposent n'a pas que pour but de faire durer le plaisir. Elle est l'espace temps primordial dont ils ont besoin, ce soir là, pour communiquer leurs non dits, pour se dire : je t'aime par les corps, pour vivre, vivre, vivre et vivre enfin cette vie sans artifice, entière, vraie, dont ils furent depuis toujours privés. Leur physique a compris cela avant leur mental qui le rejoint pour une parfaite acceptation. Leur amour irradie, le supplice est délicieux. De longues minutes après, la délivrance s'impose d'elle-même et l'extase jaillit chez les deux êtres simultanément.

Ils s'embrassent longtemps ensuite, se répètent des mots d'amour, toujours les mêmes, toutes les deux phrases, ne se quittent plus des yeux, restent unis, l'un tout contre l'autre. Après des années de vie commune dans une sorte de pacte conventionnel, ils viennent de tomber amoureux et c'est d'une intensité si rare que peu de gens pourraient cerner avec exactitude ce qu'il se passe en eux. Tout à l'heure, au moment des deux orgasmes conjugués, quand ils se sont assis ensemble sur un nuage au septième ciel, elle a vite collé son sein contre la poitrine de son aimé. Les deux cœurs battaient à l'unisson. Ce n'était pas "la petite mort" mais la grande vie. Elle a agi par réflexe, instinct, sans réflexion. Et cet instant merveilleux a scellé un pacte sans écrits, sans paroles et pourtant indéchirable, sacré, éternel.

Ils ont oublié le réveil métronome du sexe, la caméra moucharde, leur fils capricieux, le temps calqué sur un calendrier d'exigences sociales tyranniques, leur emploi austère, la publicité maîtresse, la mesquinerie de la vie qui leur est imposée. Ils fuguent leur existence invivable, l'horreur d'un pouvoir inéquitable, odieux, hors de toute morale tout en en imposant une déplacée existence, injuste, inhumaine.

Ils ne sont plus esclaves, manipulés, martyrisés, exploités, bêtes de somme. Ils sont libres pour la première fois, libérés par l'amour.

Chapitre 6
L'adémocratie

Ils rejoignent leur fils, lui passent la main dans les cheveux, l'embrassent. Ils s'installent dans le canapé, en famille, le petit au milieu et regardent en famille la télévision. Ils suivent un débat politique sans intérêt aucun où les démocrates qui étaient au pouvoir la fois d'avant promettent une justice sociale qu'ils n'ont pourtant pas instaurée. Face à eux, les conservateurs jurent un paradis acquis par plus de travail auquel les Français n'auront jamais le droit. Les consommateurs ne sont pas dupes de ces mensonges politiques, médiatiques, mais ne peuvent rien faire. Les lois sont ficelées comme les pays, les juges corrompus et soumis ont oublié les notions de justice et de préjudice. Toute la machine est viciée, vicieuse, huileuse, déboulonnée. Les banques entièrement informatisées ne donnent plus d'interlocuteurs à leurs clients mécontents. La politique fonctionne par caste, il est impossible de venir y apporter du changement, de la révolte et elle se décide hors de l'avis de l'électeur. Le gouvernement hurle par haut parleurs les mots : liberté, liberté d'expression, démocratie, peuple, égalité, fraternité et pourtant la répression est telle, l'opinion est si orientée, la contestation est tant impossible que la dictature masquée continue son jeu de massacre en toute quiétude. La sérénade, le mauvais jeu de ces acteurs inutiles à regarder s'achève rapidement et c'est tant mieux.

Vient après un philosophe, petit fils de philosophe, philosophe par naissance et héritage qui voit de la monstruosité partout surtout où elle ne l'est pas et qui sue seul de son visage déformé par l'agitation. Il accompagne de larges gesticulations, le poing serré, son argumentaire rageur.

Qu'il est énervé. Il se bat contre le nazisme et le fascisme. Les deux ayant disparus, il se bat seul, mais il le fait bien, avec beaucoup de conviction. Le seul problème de cet amusant spectacle est qu'il a vraiment envie de jouer, alors il invente des nazis et des fascistes et les malheureux sur qui le sort est mauvais perdent leur statut de consommateur, leur emploi, leur compte bancaire, leur carte de crédit, sont traînés devant les tribunaux, sont insultés par des groupes de déchaînés sous leur fenêtre, se font parfois taper dessus.

D'ailleurs les journalistes, les animateurs de plateaux le savent depuis des générations et il y aurait, en sous main, dans le silence des cours d'approbation et de flatteries pour être sûr de ne pas commettre d'impairs; de ne pas fâcher l'intransigeant. Il s'est déplacé de façon exceptionnelle en ce milieu de soirée comme chaque semaine pour cogner du poing sur la table. Comment en ce milieu de vingt et unième siècle, est- il encore possible qu'un dissident ait barré le nom de caco calo land pour y inscrire le mot France. Ce qualificatif infâme qui désigne un pays qui fut l'indignité même, il dit que çà pue, il met des odeurs et des symptômes gastriques dans sa rhétorique. Il s'indigne et s'inquiète de ce que les caméras de surveillance n'aient rien surpris, puis se demande à voix haute, si cela ne masque pas un complot raciste. Il demande et obtiendra une taxe contre le nazisme et le fascisme, mais aussi que les consommateurs ne circulent pas avec des stylos hors de leur bureau ou foyer.

Il y a enfin, "Autant en emporte le vent", malgré les sept coupures publicitaires, le cigare de Clark Gable gommé dans la version corrigée et la robe de Vivien Leigh qui porte un énorme encart à l'apologie d'un célèbre couturier qui fait des robes avec des sacs poubelles recyclés, le film n'a rien perdu de sa superbe, génère toujours autant d'émotions.

Chapitre 7
La femme Atlas

2 68 07 doit, hélas, quitter son foyer dès le début du film pour se rendre au travail et 1 36 11 décide au beau milieu du film qu'un cd de dessin animé est beaucoup mieux. 1 59 06 Part se coucher, non mécontent de s'allonger et de rêver les yeux ouverts de 2 68 07 et de ce qu'ils viennent de vivre quelques instants plutôt. Elle peut lui demander dix robes parce qu'il a enfreint la loi , il s'en fiche et lui en paiera même vingt avec le sourire quitte à se priver d'hamburgers le midi pendant des mois.

Elle ne lui demandera rien si ce n'est de renouveler cette expérience chaque fois que c'est possible. Elle aime leur petit jardin secret, cet acte de liberté et de rébellion, elle aime être amoureuse, elle l'aime. La découverte de la virilité de son compagnon et de la virilité tout simplement lui fait un choc, certes agréable, mais un choc. Elle se rend compte qu'étant femme, elle est attirée par ce qui est différent de sa nature. Si elle écoute ses hormones, elle prend conscience qu'elle apprécie la peau épaisse, le torse velu, les mains sûres et l'odeur de mâle de son chéri. Comme toutes celles de sa génération, elle a été élevée à la détestation de l'homme ainsi que dans le principe égalitaire. Le conflit des sexes n'aide pas à la mise en place de la sérénité conjugale.

Quel guerrier va offrir des fleurs à l'ennemi qu'il veut tuer ? l'adolescente, puis la jeune femme grandit dans l'esprit que l'homme est un bourreau, un être violent et dominateur. Alors, il est certain que dans les moments de fragilité, elle ne se love pas dans ses bras pour ressentir de la protection, qu'elle ne lui fait pas confiance et que l'intimité a du mal à s'opérer. Le combat intérieur entre la défiance instituée et la pulsion sexuelle naturelle pour l'autre rend nerveux et égare. Si ce n'est pas une alchimie indispensable, il est bon que le corps et l'esprit soient d'accord dans les actes de temps en temps.

La loi s'est mise nettement en faveur de la gente féminine depuis quelques décennies. Les affaires familiales sont tenues par une basoche en jupon, le juge est une femme et elle accorde un principe de raison solidaire sans même connaître la situation. Penser donne mal à la tête. L'injustice sait se justifier, se mettre ne place, s'exercer avec autant d'arguments, de force que la justice. Elle a même un atout majeur qui la fait régner en maitresse : elle est plus simple, plus disponible, plus fréquente, plus facile à vivre et à chercher. Les femmes, pas folles, ont bien senti, compris, analysé ce glissement du patriarcat au matriarcat et toute l'iniquité d'une loi sociétale déséquilibrée, elles profitent allègrement de l'aubaine et auraient tort de s'en priver.

La vie moderne axée sur le tout commerce et la paupérisation n'est pas facile pour elles non plus. Elle est même plus dure, sans galanterie, amour courtois, support du conjoint détesté par nature, elles doivent assumer la maternité, la gestion du foyer où elles ont autorité après l'enfant roi, elles ont le travail, l'oppression policière dans un univers d'ilotes en plus de la faim, de la fatigue, de la propagande, de la frustration d'être harcelées à la consommation sans pouvoir réellement la croquer. Alors, ce mince privilège dans un monde qui en est tant privé, elle se jette dessus, en use, en abuse.

Chapitre 8
La dénaturation

L'animal humain mis en servage, n'ayant plus le droit d'être a tendance à mordre, à se jeter sur l'os pour le dévorer. Privé de l'élévation, de la culture, abêti, il redescend dans ses instincts primaires, bestiaux. Cette masse humaine de deux cent quatre vingt dix millions de Français est compressée,, surcompressée. Les habitants vivent les uns sur les autres sans lieux calmes, possibilités d'évasion dans un bruit despote qui les rendent fous tout en n'ayant pas la possibilité d'expulser leur agacement, la colère générée sous le joug du politiquement correct.

Leur goulag à ciel ouvert n'est pas la tour de Babel, mais la tour de babybel. Ils sont là pour manger de la mauvaise nourriture qui rend gros, pour baiser afin de reproduire de futurs consommateurs et pour rapporter le pactole à leurs maitres. Ce sont les porcs dans l'étable mangeant leur propre merde coupée aux antibiotiques à qui le fermier fait croire qu'ils sont des loups libres et rebelles.

Car cette barbarie s'opère dans la démocratie mondiale débarrassée de ses dictateurs, de ses frontières, de ses croyances, de ses us et coutumes qui furent anéantis au nom des Droits de l'Homme et pour la paix. Il n'y plus de guerres, à quel prix ?

Les gens meurent d'épuisement au cours d'une vie de chien, ne sont plus que des machines sans plus de considération. Qu'un consommateur meurt et mille sont disponibles dans le quart d'heure suivant pour sortir du ghetto et pouvoir survivre. La surpopulation est telle que les suicides, les morts par maladie, la folie, la déchéance n'affectent plus personne. Il n'y a plus personne pour faire le deuil, pas le temps et puis, à quoi bon ?

La mort fait le ménage à la pelle de chantier, c'est un peu de place gagnée sur terre, un peu moins d'oxygène à partager. Les consommateurs et les bidonvillois en sont arrivés à raisonner ainsi. Le stalag planétaire sans barbelés a une armée brutale qui fait peur pour son propre épanouissement, parait il. La sanction bancaire est plus terrifiante encore.

Les acteurs, princes cons sortent, étalent dans les médias leur luxe de mauvais gouts, se pensent adulés, se sentent demi dieux, sont rois sans noblesse du cœur, de comportement. Ils expriment à leur place les souffrances des consommateurs qui se doivent de supporter cette humiliation supplémentaire devant leur petit écran. Une fois l'an, une tombola sort le numéro d'un consommateur pour lui offrir trois mois dans la vie des maitres démocratiques et vingt et un milliards de gagnants potentiels espèrent cet intermède de liberté et d'opulence. D'anciens chrétiens, juifs, musulmans, bouddhistes, animistes continuent de croire et souhaitent la mort ou la punition de Dieu pour la caste supérieure. Ils prient en secret, chaque jour pour cela. Une bravade de l'interdit qui ne mène nulle part et ne sert à rien, à rien d'autre qu'à entretenir une chimère salvatrice.

Spartacus avait des persécuteurs identifiables avec un nom, un visage, une proximité. L'hyper démocratie a quelques représentants nommés, il est vrai, mais ils sont loin et surprotégés. Et une bonne partie de la pieuvre n'est pas visible, elle se retranche dans l'anonymat, le fouet est informatique, a une carte à puce et son bras invisible frappe via satellite. Comment démonter une telle machine en sachant que ce furent toujours les financiers qui permettaient les révolutions et souvent les fomentèrent ? Qui combattre et comment le faire ?

Tout a été verrouillé, calculé pour que le circuit perdure, il n'y a pas de commutateur, de bouton marche arrêt, de coupe circuit. Le héros est soit un suicidaire, soit un homme ayant un but le dépassant, soit un inconscient, soit une personne extrêmement généreuse au point de se sacrifier pour autrui. Cela permet d'appréhender que nombreux sont ceux qui préfèrent être dans l'armée, la publicité, la justice et servir le mal en cette terrible époque que de périr broyé par l'engrenage répressif. On pense avec le cœur lorsque l'estomac est plein et ne risque pas de devenir vide. C'est un luxe que les consommateurs ne peuvent s'offrir.

Chapitre 9
Onirisme honorable

Exceptionnellement pourtant, le cœur de 2 68 07 domine sa raison, son cerveau reptilien, son plan de survie. Hier encore elle tenait sa vie d'exploitée travaillant de nuit en rêvant qu'elle opérait un patron de l'hyper démocratie. Celui-ci se réveillerait de l'anesthésie en contemplant ses grands yeux verts et tomberait amoureux de celle qui lui a sauvé la vie. Il l'emmènerait dans le royaume doré de l'hyper démocratie là où la liberté est totale, où tout est permis, où chaque rêve aussi fou soit il peut se réaliser.

Elle ne roulerait plus sur son vélo en carton bouilli, ne supporterait plus le despotisme de son fils, n'aurait plus l'obligation de regarder de la pub toutes les deux heures, ne vivrait plus dans trente mètres carrés pour trois, ne devrait plus vivre de nuit, pourrait se prélasser au soleil.

Maintenant, son rêve a changé, elle s'enfuit de ce monde marchand avec 1 59 06 et 1 36 11. Ils éduquent leur fils pour qu'il ne soit plus un petit con fabriqué. Ils construisent une grande cabane en bois dans quelque forêt tropicale oubliée avec un jardin, des animaux, un potager. Ils ont des voisins éloignés, mais pas trop. Elle s'occupe de ses deux hommes qui vont pêcher et chasser de temps en temps. Tous ont le temps de lire. Il n'y a plus un encart pub à dix mille lieues à la ronde. Ils ont un chien et deux chats. Le soir, ils font souvent un feu de camp où on chante autour. Elle et 1 59 06 font souvent l'amour sans caméra, préservatifs bizarres, leçons de sexualité en montre, réveil métronome amoureux, pilules du bonheur.

Elle fantasme sur son beau brun ténébreux, sa peau est bronzée, il s'est musclé, ses mains ont de la corne, ses yeux ne sont plus pochés de fatigue et de stress, il a perdu du poids. Elle décore la cabane de bric et de broc et en fait un charmant nid d'amour. Ils vivent de troc. Elle soigne les gens autour d'eux en échange ils donnent des rideaux, aident à confectionner des meubles. Les plus faibles font ce qu'ils peuvent et sont aidés par les autres. Ils font d'autres enfants qui jouent dehors avec les petits voisins loin de la laideur, l'artifice, la modernité.

Pour l'heure, elle est sous la douche à l'hôpital avant de prendre son poste. Son corps petit est enrobé de savon liquide, une main qui pense à son amoureux se promène le long de ses épaules, sur ses seins, sur son ventre, plus bas, s'y attarde. A regret, elle ferme le robinet, s'enveloppe dans une longue serviette. Le sèche-cheveux la masse de son air chaud. Le corps se détend. Sa tenue de bloc, son masque enfilés, elle court pleine d énergie faire ce qu'elle aime avec passion : soigner.

Pendant l'opération, les mains dans les organes digestifs, il lui vient une idée : se donner entre conjoints des surnoms affectueux et même un prénom. Pas question d'en parler au petit con qu'est leur progéniture, bien sur, celui-ci irait cafter. Cette innocente transgression cependant lourde de fond la met en joie. Moins que celle de tout à l'heure, il est vrai. La loi est élaborée pour régir les différents rapports avec les divers individus, c'était sa fonction avant qu'elle ne soit un outil de vassalisation au service de l'hyper dégueulasserie. Il est jouissif de l'enfreindre de temps en temps si l'infraction n'est pas pesante de conséquences pour autrui et soi. Surtout si c'est un règlement corrompu à la base, au service de la voyoucratie, au détriment du plus démuni. Il y a une saine obéissance à la règle et une sainte rébellion tout également à celle-ci. Le tout est d'avoir la sagesse du discernement. Qu'est -il bon d'accepter pour la collectivité et en second plan pour soi ? Qu'est-il primordial de refuser pour la cité, puis toujours après pour le sujet ? Des questions qu'il aurait fallu se poser lorsque c'était encore possible.

Chapitre 10
La guerre factice

Les rebelles de l'époque s'étaient trompés de combat et bernés par des faiseurs d'opinion, ils eurent une révolte orientée pour mettre en place la dictature. C'est en toute bonne foi qu'ils eurent cette malheureuse dissidence collaborative portée par le cœur. Il ne faut oublier de plaider et, ou à charge pour leurs erreurs. Ils ne devaient pas être dupes de tout et c'est par une lâcheté coupable qu'ils se sont acharnés contre des antagonistes fantômes ou disparus. Ils aimaient à se nommer résistants comme Jean Moulin, ils agissaient pourtant sous leur véritable identité et à visage découvert. On peut en déduire que l'ennemi ne devait pas être trop dangereux et que ces FFI nerveux ne dérangèrent guère les apparatchiks du moment. C'était une position bien agréable que celle du combattant contre le nazisme lorsque celui-ci était déjà mort. On crie moins fort, parait il, avec une baïonnette sur le poitrail. On invective plus volontiers un monstre lorsqu'il a déjà été trucidé. L'époque était couarde et menteuse, pas glorieuse.

C'était une place si confortable que se furent les enfants de riches, les bourgeois qui s'en emparèrent rapidement. Ils étaient tous artistes et tous sans talent. Il y avait tant de peintres qu'il n'y avait pas assez de mur pour exposer toutes les toiles. Il y avait tant d'écrivains que les librairies étaient trop petites. Il y avait tant de chanteurs que les rayons du supermarché ne suffisaient pas. Il y avait tant d'acteurs que c'était toujours à peu près le même film avec d'autres visages. Ils ont tué l'art, certainement parce que celui-ci est exigeant, beau et réellement subversif. Ils produisaient leur merde à la chaîne se servant des alibis de l'abstraction, du symbolisme, de la subjectivité pour faire n'importe quoi.

Et les grands patrons, heureux de l'aubaine, étaient les mécènes de ces Dali aux bras cassés, de ces Byron sans esthétique, de ces Ray Charles sans voix. Ils s'amusèrent bien à l'artiste maudit ces petits cons.

Ils se disaient anars également et prenaient à poches débordantes des subventions de l'Etat, du mécénat des grands groupes. Ils se déguisaient en pauvres. Pour cela, ils s'habillaient en clodos, ne se rasaient pas et achetaient à prix d'or, des lofts sécurisés par alarme dans les quartiers populaires de Belleville, Montmartre, Ménilmontant. Cà faisait Piaf, Brassens qu'ils s'étaient appropriés, un comble. Ils vivaient au milieu des pauvres mais ne les côtoyaient pas, ils n'aimaient pas les ploucs et ces communistes humanistes n'avaient pas envie de partager leur pognon. Ils faisaient l'apologie des immigrés africains ou maghrébins, mais les tenaient loin d'eux car ils leur faisaient peur. Ils vivaient ainsi dans leur monde onirique loin d'un réel autrement moins romantique que leur vision peace and love d'hippies chics. Confortés dans leurs enfantillages, ces enfants de vingt à soixante-dix ans firent un dégât considérable à une France fragilisée dans son pouvoir.

L'univers du tout commerce avait son bras armé, ses grands décivilisateurs, ils se frottaient les mains, des mains pleines de bagues en diamant qui en voulaient encore plus, toujours plus. Ainsi plus de nations, plus de religions, plus de races, plus de morale, plus d élitisme, plus de qualités, plus de comparaison, mais de l'oseille frais et facilement gagné qui débordait de la grange.

Les valeurs volèrent en éclats au nom du bris de tabous et tout ce qui était un frein au commerce, une gêne fut rapidement damné, diabolisé, trucidé pour une ouverture au profit.

Les Français, les Autrichiens, les Algériens, les Israéliens, les Américains, les Japonais tombés dans un vide abyssal disparurent et devinrent des consommateurs et même des consommateurs compulsifs, rien d'autre que des consommateurs. Comme si ils n'étaient plus qu'un seul organe, ils devinrent foie gras estampillés pauvre con. Plus de tête pour penser, plus de jambes pour entrer en action : un estomac. La peur du manque, la drogue de l'achat furent accrus par une augmentation démesurée des produits et des services, par les diverses taxes. Plus de foi religieuse, plus de notions collectives comme la famille et la patrie et une angoisse paroxystique issue du néant, les gens devinrent des automates : fric, fric, fric, fric, acheter, acheter, acheter. Ils dirent oui à tout, furent sans honneur dans un but et un seul : ne pas manquer.

C'est alors que fut introduit une fausse crise financière qui eut pour intention de concrétiser le mode de vie que subit notre famille héroïne actuellement.

Chapitre 11
Un onirisme honorable

2 68 07 donne des coups de scalpel, compresse, suture. Elle est en transe. Chaque nuit, sa rixe contre maladie ou la mort la plonge dans la même exaltation. Les consommateurs ne pèsent rien dans la considération et la médecine après des siècles de progrès est retombée dans la préhistoire. Le matériel recyclé jusqu'à la poussière, l'absence de budget et des effectifs font de chaque praticien un docteur Schweitzer. Les patients repartent chez eux quand ils devraient occuper un lit trois semaines de plus. A quoi bon soigner un consommateur plus en état de consommer, de produire ?

Il y a de la marchandise de remplacement. Le troupeau est vaste. Ce n'est pas vrai dans l'esprit de 2 68 07 pour qui une vie est une vie, pour qui le serment d'Hippocrate a une valeur sacrée. Beaucoup de cœurs engagés dans leur graisse lui sont présentés, d'artères obstruées par la mauvaise bouffe et la sédentarité. On sollicite ces malades à bouffer toute la sainte journée, on leur met de l'infamie dans leur aliment des spots télévisés gouvernementaux de prévention viennent hypocritement suggérer de manger cinq fruits et légumes frais par jour et de bouger. Bouger quand ?

Et les fruits et légumes frais non piqués pour y ajouter des substances à teneur non identifiée, ils les trouvent où ?

Qui a les moyens et la disponibilité de se nourrir sainement, de faire du sport, exceptés les hyper privilégiés, ceux de l'autre monde ?

2 68 07 se nourrit elle-même très mal et laisse sa famille en faire autant. Elle le fait par mode suicidaire, car paradoxalement, elle souffre tant de sa vie, de celle de ces proches qu'elle les souhaite courtes, mais aussi, elle agit par

compensation parce qu'ils sont accrocs et que ces sales lipides leur permettent de supporter cette existence pas naturelle, sinistre, oppressée.

2 68 07 a une autre addiction, c'est le sexe. Entre soignants stressés, mal payés, travaillant chaque nuit, à l'espérance de vie très limitée, et le sachant, çà baise à tout va. C'est le dessert du pauvre, la cerise sur le non- gâteau. La jolie petite blonde aux yeux de chat est une femme libérée, comme disent les crétins. Un sourire dans un couloir et c'est l'étreinte entre deux portes battantes, les quatre pattes en l'air dans la lingerie, le coït sur la table d'opération, la fête au vagin. 1 59 06 n'est au courant de rien, bien avant cette révélation amoureuse, elle a toujours eu du respect et de la tendresse pour lui. Sauf dès qu'une possibilité d'achat de robe était envisageable. Mais quelle femme résiste à une jolie robe ?

Et 2 68 07 est très féminine. Rien que pour le charleston et les robes de cette époque, elle aurait adoré vivre entre les années vingt et soixante. Elle collectionne les photos de Horst P Horst, connaît la biographie de Coco Chanel, sait tout de Marlène Dietrich, ne pense que du bien de Man Ray, s'imagine l'égérie des surréalistes, se voit danser avec Rudolf Valentino. L'Hollywood du muet jusqu'au sixties comme les grands maîtres italiens ont fait rêver, continue de faire rêver, continueront de faire rêver. C'était quand le mythe rejoignait la mythologie; quand il y avait moins stars que celles dans l'éther, quand le cinéma était un artisanat fait avec passion et sincérité. Une époque qui est révolue, enterrée, dénaturée comme le reste.

2 68 07 a également le désir impossible d'une automobile, une traction avant ou une Porsche, non les deux. Elle se voit jubilant tantôt dans la voiture archétype des années cinquante portant une splendide tenue rutilante avec un chapeau extravagant et chic ou encore en train de frimer dans sa voiture de sport décapotable, des cheveux échappés d'un carré de soie volant de façon anarchique. Elle aurait une jupe courte

44

sur des bas de soie, un chemisier échancré et pas de veste. Les lunettes de soleil à écailles lui finiraient cette aura mystique, majestueuse, inaccessible.

2 68 07, cette dame intelligente, accomplie, complexe ne rêvait pas d'une super carpette aux côtés de la super femme qu'elle est, mais d'un superman. Elle est féminine à outrance donc attirée par son contraire, par la virilité de l'homme. Elle ne saurait endurer et accepter une brute décérébrée, cela va de soi, mais l'homme féminisé, castré, à l'écoute, qui met en exergue son Femina au détriment de son huma lui inspire le même rejet.

L'amour n'est pas un partenariat domestique, un amas de bons sentiments. C'est un flux énigmatique qui emporte deux êtres décidés à le vivre. L'amour existe. Il n'est pas résumé à une projection narcissique comme le disent les frileux, ceux qui ont peur de vivre, qui veulent tout expliquer afin de ne surtout pas ressentir. Il ne s'explique pas, car il échappe à la raison. Comment intellectualiser et pire ramener à l'intellect ce qui n'en est pas. Il n'est pas folie, délire, non plus. Il est l'amour. Il peut survenir entre deux inconnus ou arriver sur le tard et de façon aussi perturbante et puissante qu'à cet instant pour 2 68 07.

Ce docteur croit en l'amour. En personne exigeante pour elle-même et les autres, elle l'a toujours voulu. Il vient de s'inviter sans frapper à la porte, l'inonde d'une énergie neuve. Elle sera désormais fidèle à 1 59 06, pas par morale mais parce qu'elle en a envie, parce qu'elle ne veut pas lui faire mal et parce que cela s'impose naturellement. Elle n'a plus envie d'un autre homme. Elle a envie de lui tout le temps et sa pensée est accaparée ainsi. Elle ne saurait le ramener à une drogue, mais il y a de cela tout de même.

Les talons aiguilles claquent avec érotisme dans les couloirs de l'hôpital. Un interne avec qui elle a déjà partagé son intimité la croise, lui sourit comme par invitation. Elle tourne le regard. Il reste pantois.

Elle se plonge à nouveau sous la douche. Elle le veut encore et encore. Je t'aime, je t'aime, je t'aime comme des wagons identiques roulent dans ses pensées. Elle est idiote, gamine, folle et heureuse de l'être. Elle repense à ce moment divin, aux chaînes qu'ils ont brisées ensemble, à ce sentiment envahissant tout qui a surgi en elle pendant qu'ils faisaient l'amour.

L'onanisme joint l'acte au souvenir. Tendue, sur la pointe des pieds, elle jouit. Son ventre plat se contracte, ses fesses rondes heurtent violemment le carrelage du mur, ses lèvres partent en avant dans un râle. L'eau chaude, presque bouillante coule en torrent, elle se savonne comme à son habitude, abondamment et reste longtemps après sous la cascade. La peau est au bord de la brûlure pour détendre un corps usé par le travail, l'épuisement de l'activité nocturne prolongée et les mille émotions qui lui piquent le derme, qui circulent dans son organisme.

Chapitre 12
Encore

Elle sprinte jusque son cartombike et fait un contre- la-montre en prenant garde de ne pas dépasser les vingt kilomètres heure imposés par le dictat rachitique. Elle voudrait une fusée à cet instant ou, du moins, un avion de chasse. Il est au lit, il y a une place à ses côtés. Mmmmmm. Elle rentre plus pressée que d'habitude. Elle tremble un peu. Au diable le rituel de la brosse à dents et de la tisane aux extraits de verveine, de passiflore, de tilleul, de thé vert, de camomille qui fait dormir, elle fonce jusque la couche nuptiale. 1 59 06 dort d'un sommeil lourd. Il sourit le visage serein comme celui d'un mort. La respiration glisse sans les accrocs d'une apnée ou d'un ronflement. Il est sur le côté face à elle. 2 68 07 trépigne les yeux rivés sur la pendule électronique. Encore deux heures avant que l'alarme du réveil ne se déclenche, elle n'en peut plus, elle ne veut plus attendre.

Avec son index, elle dessine les contours de son visage puis elle lui passe la main dans les cheveux, ensuite, elle lui caresse le bras, les épaules, le torse. N'y tenant plus, elle prend son sexe à pleine main et le fait bouger tout doucement, puis un peu plus vite. Sa tête glisse sous la couverture pour qu'elle puisse lui embrasser le ventre, les cuisses. Il se réveille enfin et de la plus agréable des manières 1 59 06 prend 2 68 07 dans ses bras, l'assène de baisers tendres. Ils font l'amour dans l'urgence, maladroits, comme deux adolescents. Ils sont affamés l'un de l'autre. Les regards ne se quittent pas. Ils ont l'intensité des sentiments. Leur corps semble se retrouver après une longue absence. La passion ne leur laisse pas le temps de s'aimer longtemps. Le vendeur en encarts publicitaires regarde sa compagne consommatrice et lui susurre " Je t'aime ma femme". Elle lui répond de sa voix rauque et chaude : " Je t'aime mon mari".

Pour la première fois de sa vie, elle s'installe contre son épaule, se pelotonne contre lui et s'endort. Lui n'ose pas bouger, il ne veut pas perdre cet instant en prenant le risque d'un mouvement qui la réveillerait, l'éloignerait.

L'heure et demie qu'il passe à regarder ce tableau qu'est son épouse endormie est un flash, une micro seconde. L'amour a ce pouvoir parmi tant d'autres de tordre le temps. Lorsque des amoureux sont unis, les aiguilles de la pendule tournent vite, lorsqu'ils sont séparés, le carillon se fige, Chronos se momifie, Big Ben ne sonne plus, l'espace temps se gèle. C'est une distorsion et même plus, une torsion.

2 68 07 se réveille en début de soirée toute ensommeillée encore de ses neuf heures d'endormissement, évènement rarissime pour la petite blonde pleine d'énergie et d'angoisses. Elle fait le dos rond, s'étire, fait le chat. Le vide à sa droite est une sale présence. Elle s'empare de l'oreiller vacant et le glisse entre ses jambes, puis enlace le traversin. Comme une petite fille qui joue à la poupée, elle joue à « 1 59 06 est encore là ». Elle finit par se lever non sans lâcher un "vie de con" libérateur.

Troisième partie
1 36 11

Chapitre 13
La leçon d'éducation

1 36 11 est entrain de faire un jeu vidéo. De mauvaise humeur, il en réclame un nouveau. Sa mère lui refuse. Il la traite de salope et lui fait la menace habituelle, à savoir contacter « SOS Enfance Frappée » pour lui signifier qu'il est un garçon battu. 2 68 07 ne pipe mot, mais devient blanche. Calmement, elle retrousse les manches de son chemisier bleu marine, tire le garnement fermement par l'oreille jusque dans la cuisine, baisse son pantalon, le pose sur ses genoux et lui administre une fessée. L'enfant consterné ne résiste pas, il pleure, vexé, car la punition n'est pas bien douloureuse par le soin de sa mère qui prend bien garde à ne pas lui faire de mal. Sur ses gardes, il use toutefois de toupet après l'administration de cette correction en criant qu'il va téléphoner à l'association.

Sa mère lui répond d'un ton froid de Scandinave pragmatique que la garde lui sera retirée et qu'il sera alors placé dans un foyer de jeunes consommateurs en difficulté. Son statut de bâtard en fera un exclu à coup sûr. L'orphelinat le formera à un de ces métiers que personne ne veut faire. Il dormira dans un grand dortoir où des caïds le rosseront.

Les jeux vidéos, les robots électroniques, les bons petits repas de maman ne seront plus que de lointains souvenirs. Il ne sera plus dans la même école. Elle le regarde dans les yeux et lui tend le téléphone satellite ainsi que le numéro vert inscrit sur un carton en gros caractères qui doit se trouver par obligation législative dans chaque foyer ayant un ou des enfants à charge. 1 36 11 reste interdit puis repose le combiné sans fil sur son chargeur. Il part dans sa chambre bouder. Il revient une demi-heure plus tard proposer ses excuses. Sa mère les accepte, mais conserve une distance dans l'attitude et le ton de la voix parfaitement jouée.

L'enfant tombe dans le piège, il a peur que sa mère ne l'aime plus. Alors en silence, il lui prépare, en grande première, un café lyophilise. Le nectar dopant est trop chaud, trop dosé, trop sucré, mais la mère n'en a cure, elle prend son petit dans ses bras et l'embrasse affectueusement. Il fait le bébé, tout content, finalement contre l'énorme poitrine de 2 68 07.

En secret, tout au fond de lui, il est content d'avoir une mère avec une personnalité aussi forte qui ne se laisse pas faire. Et bien sûr, sa maman est la plus belle du monde. Une pensée que quelques centaines de millions d'hommes et de femmes auraient en contemplant 2 68 07.

Ce soir, 1 59 06 est de poste aux urgences bénévoles publicitaires deux AM. C'est un service rendu à l'entreprise qui consiste à tenir une permanence nocturne téléphonique où les prospects peuvent faire part de leurs demandes diverses et adresser leur réclamation. Il n'y a rien d'officiel dans cet acte gratuit, c'est un don de sa personne pour le bien- être de la clientèle, parait il.

Cependant, il serait très mal vu et venu de ne pas se porter volontaire et c'est ainsi que les employés donnent en plus de leurs longues heures de travail très mal payées, cette nuit de besogne sans salaire.

Il est si vite fait d'être licencié, déclaré inapte au travail. Il y a tant d'autres qui attendent désespérément cette place, une place, n'importe laquelle. L'homme est une marchandise, certes périssable, mais avec un tel excédent qu'elle peut être remplacée à moindre coût.

1 36 11 se passera donc de son père ce soir. C'est dommage, il aurait aimé le voir. Il trouve son père sympathique et costaud. Il est fier de lui également. Une fois, il a vu son papa soulever l'armoire d'une main pour pouvoir saisir sa clef magnétique de l'autre. Il espère être

aussi fort que lui un jour. Il ne sait pas qui est l'élève de sa classe le plus fort. Il pense que c'est lui, mais il n'est pas sûr.

Les enfants qui montrent leur force sont connotés violents et potentiellement dangereux dans le futur. 1 36 11 qui est un petit malin a remarqué que ses camarades qui s'étaient battus avaient été changés d'école. Le professeur d'apprentissage des consommateurs les a prévenus que leur carnet comportemental les déterminerait dans leur avenir et qu'il y inscrivait absolument tout.

La colère est décrétée pathologie mentale pour le consommateur et le système de surveillance répertorie dès le plus jeune âge l'individu qui cède à la pulsion et est régi par la maladie. Ainsi, dès l'enfance, il apprend à prendre sur soi et à exploser à l'intérieur.

Chapitre 13
Cons sommation

La télévision dit que Caco Calo Land est une démocratie radieuse où les gens sont heureux. C'est donc vrai. Et dans ce pays libre, si libre, il est bien vu de sourire et rire en permanence. Il y a des débats très sérieux là-dessus où les consommateurs sociologues sont tous d'accord et cet accord est idoine à celui du gouvernement et des grandes entreprises qui les embauchent.

D'ailleurs, les journalistes, diffuseurs de la grande propagande, rivalisent à qui mieux mieux pour trouver la formule la plus enjôleuse : Bonjour les hommes libres, hello les rebelles, salut les gens heureux, good morning les frenchies joyeux, belle journée au peuple des gens heureux. Ce ne sont pas les formules qui manquent.

Le matin avant la première PO (ou pub obligatoire en jargon) le petit 1 36 11voit une salamandre noire et jaune avec des mains et un tee- shirt muni d'un logo de jeux vidéos qui lui dit d'une voix métallique avec un cheveu sur la langue : "bonjour les petits crapauds pleins de bonheur".

Lui pas moins que ses parents – et même beaucoup plus – n'échappe pas au lavage de cerveau commandité par l'hyper mafia. L'éducation scolaire (le mot national a été supprimé du langage) n'est pas la source épanouissante attendue qui amène le savoir. L'Histoire n'est plus enseignée, le calcul et l'orthographe sont minorés pour favoriser l'anglais, les cours d'instruction civique du consommateur qui sont la matière principale.

L'enfant doit connaître par cœur l'absence de droits et l'écrasement de devoirs dans la vie socio professionnelle régie par le commerce et les interdits. Il est formé à l'abrutissement, la mentalité de mouton.

Pour cela, il y a l'enseignement du bouddhisme et des sciences paramédicales telles que la sophrologie et autres relaxations. Le petit sujet a pour objectif de savoir se vider l'esprit pour être serein, en d'autres termes de devenir crétin et mort pour être mieux soumis. Sur le fronton des écoles et le parvis des mairies, les termes "liberté, égalité, fraternité" ont été ôtés pour y inscrire : "On ne peut pas changer le monde, on peut se changer."

Sous cette apparente sagesse qui pourrait laisser croire à une paix universelle, c'est, en fait, une gigantesque entreprise de destruction de l'être humain qui est proposée. S'il ne peut changer le monde, il doit accepter les brimades, son asservissement, la négation de qui il est, de ses besoins humains rendus responsables (parfois à raison) de tous les maux. Pour cela, il doit changer lui et ne rien modifier du mode de vie qui lui est imposé.

Mauvais par nature, il est une pollution écologique, un faiseur de guerre, un animal répugnant se réfugiant dans le mystique. Constat pratique pour détruire tout ce qui est un frein au commerce : la patrie, l'entreprise personnelle, l'authenticité, les frontières, la foi, la cellule familiale et surtout l'humain et son humanisme vrai.

C'est là que les idéalistes du passé dépités par les horreurs commises par l'homme ont commencé à se faire berner. Ils voulaient un monde plus juste et se sont attelés à détruire ce qu'ils pensaient en être les causes profondes. Ils furent, malencontreusement, les bâtisseurs du pire des mondes : celui où une poignée de nantis cyniques réduisirent leurs frères en humanité à l'état de robots de chair, d'animaux domestiques avides d'une pâtée grasse, de décérébrés brimés, de rebelles d'apparats en lutte pour l'obtention de leur oppression. Tout est ficelé juridiquement, sociologiquement, philosophiquement, politiquement, commercialement jusqu'à l'intime de la famille.

Le piège est refermé, mordant. Vous êtes perdants, faites vos jeux, les jeux sont faits, rien ne va plus. Un jeu obligatoire où il n'y a pas de gagnants, mais des joueurs volontaires à la défaite.

Les moucherons ont tissé la toile de l'épeire, s'y sont collés les deux ailes et furent surpris de voir sortir l'araignée. Ils pensaient construire un barrage contre le prédateur, ils élaborèrent son filet.

Avaient-ils besoin d'elle ? Même pas, ils s'introduisaient le venin paralysant eux-mêmes. Je me déteste, je culpabilise donc je suis bon. Etrange conception concoctée par une mauvaise compassion, l'éloge de l'antihéros, une mansuétude jusqu'auboutiste surpassant la bêtise; un faux amour de l'autre sur fond de vraie peur non dépassée qui empêche de le respecter comme de se protéger de son potentiel belliqueux. Je me hais, fouette moi à la charia, au Talmud, à l'assoc, au dépôt de plainte, à l'antiracisme mal élaboré.

Tous les enfants du monde ont leur terrain de jeux, leur récréation. 1 36 11 et ses amis lorsqu'ils sortent du foyer sous haute domination télévisuelle ou de la propagande du staff scolaire jouent au ballon, à la marelle, à cache -cache. Et bien que ce soit défendu, ils jouent à la guerre, aux cow - boys et aux indiens. Un barreau de chaise cassée et c'est une mitraillette. Une pomme de terre s'improvise grenade. Deux morceaux de manche à balai, deux pitons pour rideaux et un quart de laisse de chien font un nunchaku. Un sigle Mercédès volé sur le capot de la prestigieuse voiture d'un privilégié devient un shuriken. Un tube d'aspirine percé d'un clou de cent dix se mue en flingue.

Les films pédagogiques afin de les sensibiliser aux méfaits de la violence produisent l'effet inverse. Ils y puisent leur inspiration. Leur grande désobéissance est leur sas de décompression, celle que les adultes se refusent pour mieux sombrer dans la dépression nerveuse. Les enfants s'octroient d'instinct un sain équilibre en ne divisant pas le monde en bons et méchants, eux les bons qui étouffent et les méchants qu'il est autorisé de flinguer. Il est à supputer que les mauvais étant ceux qui n'achètent pas les yaourts canone alors que pourtant un dollar est reversé à l'association d'aide aux pervers privés d'impers.

Leur jeu de cache-cache est double, car non seulement il faut se dissimuler le plus longtemps possible de la bande adverse à qui c'est le tour de chercher, mais aussi il faut échapper à la vigilance des caméras de surveillance des consommateurs. Espions odieux qui sous couvert de lutter contre l'insécurité sont surtout utiles à s'emparer de l'argent des consommateurs à travers les multiples interdits tout aussi farfelus les uns que les autres.

Les consommateurs mineurs sont des cibles privilégiées du grand voleur numérique. Ils enfreignent par tempérament dû à leur jeune âge plus aisément les lois collectrices d'impôts indirects et c'est aux parents de payer. L'enfant roi sacralisé parce qu'acheteur moins raisonné a la bouilloire sur le gaz toute la journée. Les parents ont envie et devoir de céder au jeune obsessionnel compulsif formaté dès le sortir du berceau. Et, en plus, de vider le portefeuille si dur à remplir d'inutilité débilitante, le monstre commercial se repait aussi de ses innocentes bêtises. "Fais ce que tu voudras" petit prince, il est interdit de t'interdire mais au passage on prélève l'écot de tes menues et multiples bêtises à papa et maman consommateurs et pigeons en cage.

Le dictat des marques de vêtements affiche le niveau de réussite forcément condamné à la pauvreté intellectuelle. Il n'y a plus d'habits démunis de logos, plus question d'afficher son refus d'être homme sandwich en se privant d'affiche, plus de culture possible, encore moins de contre culture. Et de l'enfant en fin de maternelle jusque l'ado, c'est en punaise ogresse que la progéniture suce le sang des géniteurs. Jackpot pour le bandit pas manchot qu'est le système. L'humiliation, le calvaire pour le mioche qui n'a pas la tenue de surf en ville est réel et pas à minoré. Dans les codes modernes, c'est la raillerie, la douleur morale, la jalousie, le rejet qui est apporté concrètement pour ne pas avoir le morceau de tissu adéquat à porter. Morceau de tissu qui ne fait même plus l'effort de qualité, d'être confortable, original et élégant. L'ironie du monde qui vend envers celui sommé d'acheter, se doit d'être totale comme totalitaire puisqu'elle est sans frein, mode de vie assumé. Sous nos pavés, leur plage où ils peuvent jouir sans entraves sauf dans quelques jeux sadiques librement consentis.

1 36 11 est un enfant tyran puisque de son époque, un jeune qui n'échappe pas à l'air de son temps pour trois raisons : il lui est agréable d'être tyrannique, car il obtient le contentement à ses désirs immédiats, il n'a pas encore acquis le discernement nécessaire à la critique et enfin tout est mis en place avec grande ingéniosité pour qu'il ne puisse échapper à son statut de despote, en culotte courte griffée.

Cependant il ne s'amuse jamais mieux que lorsqu'il avale les gouttes de pluies tombées du ciel, qu'il court après les flocons de neige qu'il gobe, qu'il contemple les nuages pour y déceler des monstres, des animaux, des personnages dessinés au gré du vent. Il aime aussi à agrandir les trous des fourmilières dans les taillis des jardins publics pour voir toute cette petite société s'agiter. Il jubile lorsqu'un cornet de glace à la main, il laisse immobile ses pieds nus dans l'eau de la Seine jusqu'à ce que des nuées d'alevins à l'argent costume miroir de soleil viennent les lui chatouiller. Ce sont ces jeux simples qui souvent le ravissent le plus. Ceux qui ne coûtent pas un radis à ses parents martyrs. Il aime rêver, imaginer également dans cet univers matériel ou cette dépense d'énergie n'est pas productive et fructueuse donc considérée comme inutile. Il se voit super héros, chevalier, indien, acteur de films d'action, pirate, pilote d'avion de chasse, pompier, policier, gangster, maître nageur, homme oiseau, homme poisson, archéologue, chasseur de trésor, soldat marin, surfer, tennisman, footballeur, champion de boxe, de kung fu, cow boy, extra- terrestre, tarzan, zorro, prince charmant, lutin, tueur de dragons, plongeur, parachutiste, pilote d'hélicoptère, torero, cavalier à cheval, en dromadaire, sur le dos d'un éléphant, d'un tigre albinos, pilote de rallye, pilote de formule 1, cascadeur, marionnettiste, ventriloque. Tous ces métiers ou occupations ou états imaginaires ou d'un réel révolu qu'il découvre dans les projections cinématographique scolaires qui sont commentés péjorativement. Evidemment ce qui est censé être diabolique, à l'ère d'un passé diabolisé et qui lui apporte utopie, plaisir. , 1 36 11 ne l'encense pas en public. Il décrie, se scandalise, s'indigne comme cela liu fut si bien appris. Sa joie est intérieure, c'est son jardin secret, son oasis où personne, pas même sa mère, son père et son meilleur ami ne viennent fouler le sable. Il a la chance d'être encore bien trop jeune pour se sentir différent, fou, pas normal d'aimer ce qu'on lui dit de détester. Il est suffisamment intelligent et instinctif pour préserver ce trésor et laisser les alchimistes du malheur changer cet or en plomb.

Le travail de sape n'a pas encore entamé suffisamment l'armure de ce petit d'homme pour que sa vitalité, sa pureté soient ternies, rouillées, cassées. Une des complexités de l'être humain est qu'il doit trouver l'harmonieux équilibre entre l'expression nécessaire de sa partie animale, authentique et la voie de progrès civilisationnelle qui l'élève.

Chapitre 14
Du cœur et de la raison

Il va de soi que cet équilibre est rompu aux deux extrêmes de ce balancier. Il ne peut plus être ni entier, ni sophistiqué. Il n'est plus autorisé à être substance primaire, ni volutes raffinées. Il n'est plus cet entre-deux, mais cet antre rien, cet entre rien. Celui qui n'écoute que son cœur ravage sa raison, celui qui n'écoute que sa raison ravage son cœur.

Aucun des deux ordres ne peut être écouté dans le supra modernisme. Il n'y en a plus guère que l'illusion et de rares moments volés, bien trop brefs, fugaces pour donner un soubresaut de vie.

Le châtiment qu'a reçu la veille 1 36 11 sous forme de fessée par sa mère n'aurait pu être évité par un dialogue. L'enfant n'a pas les codes et la perception de l'adulte. C'est par la crainte de l'autorité qu'il trouve les limites constructives à sa vie. Non pas et certainement pas en étant hissé à un rang d'adulte prématuré pas qu'il ne peut appréhender.

Ce fut folie supplémentaire de la fin du vingtième siècle que de lui octroyer une maturité qu'il ne pouvait assumer. L'égoïsme du petit a ses charmes et ses tares qui ne lui permettent pas d'avoir le ressenti pour compatir et se responsabiliser. L'éducateur de cette époque fut soit dans une erreur innocente, soit dans une paresse coupable ayant pour but de s'affranchir de son rôle protecteur et éducatif.

Il ne s'agit nullement de communiquer avec sa descendance dans la violence d'un bourreau, de frapper à l'en traumatiser, mais d'être ferme dans l'amour, de savoir dire non pour le propre bien de l'enfant aimé. Punir un petit en l'envoyant réfléchir dans sa chambre à son acte ou occasionnellement imposer son non, c'est-à-dire son autorité par une tape sur les fesses risquent certainement moins de gâcher son avenir que de lui imposer une liberté trop grande pour lui dont il fera à coup sûr un désastre futur.

Son besoin de repères, c'est-à-dire de limites à franchir lors du passage à l'âge adulte doit être là et jalonné de raison.

Imaginons un enfant fumant du haschich avec ses parents. Outre les dommages plus ou moins minimes que lui causeront cette substance psychotrope à court, moyen et long terme, il ne franchira pas l'interdit de la cigarette bien derrière, mais plus aisément celle de l'injection d'héroïne ou de la prise de crack.

Et s'il ne le faisait pas, il ne resterait pas ami avec ses meilleurs copains, mais avec sa mère et son père pour mieux ne pas devenir adulte avec la même obsession que ceux-ci ont parfois et qui entretient l'impossible rêve pour eux de redevenir enfants. Chacun sa place et son rôle et ce d'autant plus fortement que ceux d'adultes réservent bien des joies et des épanouissements dont il n'est guère fait l'apologie pour des raisons sociétales, historiques, ontologique, politiques évidentes.

Si en plus de la savoureuse cuisine du terroir, il y avait un plaisir à redécouvrir dans la peau dépigmentée du moderne, ce serait certainement celui d'être mature.

Dans la volonté, soit disant de responsabiliser la jeunesse, celle-ci doit financer son "éducation" en donnant deux heures d'activités non rémunérées. De ce fait, il y a d'inclus dans chaque école, une usine de recyclage. Et les deux dernières heures de cours se passent dans ces ateliers grisâtres devant un tapis roulant.

Les petites mains y trient les déchets de verre, de plastique, de fer, de composants électroniques. Ces ordures serviront à fabriquer d'autres boites de conserve, d'autres bouteilles de lait, de soda, d'autres montres mouchardes informatisées pour les POB. Les consommateurs consomment, rien de bien original. Ils achètent des produits, paient leurs emballages, c'est un fait.

Une loi cautionnée au nom du sacro saint environnement et de la responsabilisation infantile oblige les enfants à travailler gratuitement à la remise sur le marché de matières déjà achetées afin que les consommateurs les paient à nouveau .L'escroquerie ne cesse pas là puisqu'une taxe écologique est prélevée plus forte à chaque recyclage.

Pour l'humour, l'hyper gouvernance a demandé une étude scientifique à des experts aux ordres.

Des sociologues caniches en firent une interprétation sans appel : l'effort physique est bon pour la santé des jeunes consommateurs. De plus, l'effort intellectuel demandé par l'exercice du travail à la chaîne augmente les capacités de concentration de mémoire des jeunes sujets. Mettre leurs menottes dans la merde favorise l'augmentation des anticorps et chaque coupure est l'opportunité de devenir plus solide, plus durable.

Le sentiment d'être utile pour la communauté et surtout l'environnement responsabilise et renforce l'estime de soi. Cette initiative du ministre de la culture et du développement durable fut déclarée d'utilité publique et devrait être étendue à quatre heures par jour pour le bien être des petits animaux, pardon, des petits consommateurs.

Monsieur le ministre est retenu candidat au prochain prix Nobel de la paix durable. Sa modestie en est affectée, mais il l'acceptera dans un élan de générosité humaniste afin que le progrès puisse faire un grand pas, en avant, çà va de soi.

C'est un journaliste à petit corps et grande écharpe rouge qui a organisé le débat sur cette nouvelle majeure pour l'élaboration d'un monde encore meilleur. Sa coupe d'aviateur prisonnière dans la laque tressautait à la manière d'un dessert à la gélatine saveur menthe naturelle des Cévennes ce qui amusait beaucoup 1 36 11. Sa voix fluette en accord avec sa grande hypocrisie faisait office de baguette de chef d'orchestre dans le brouhaha symphonique des chroniqueurs agités.

Ces gens adorent se disputer faussement sur des sujets avec lesquels ils sont chargés de distiller une information erronée. Ils sont d'accord et d'accord et c'est en disant oui que ces esprits libres et déclarés ainsi soufflent les vapeurs du grand dragon de la finance qu'est leur employeur. Ils transpirent et pas simplement de suffisance, qu'ils ne soient convaincants ou qu'ils laissent glisser un morceau de vérité baptisé dérapage dans les médias et c'est la porte de sortie qu'ouvre la rédaction.

Ces consommateurs à peine plus privilégiés tiennent à leur emploi et ne se sentent pas redescendre jusqu'à faire de la publicité ou de la médecine. Cà peut se comprendre, surtout en des temps aussi durs, pardon je voulais écrire de grande liberté d'expression.

Le petit 1 36 11 est en cours d'altruisme environnemental à traduire par esclavagisme des enfants sur abus de confiance. Lorsque cette innovation progressiste fut mise en place, une poignée de parents outrés tentèrent bien de s'y opposer en manifestant devant les écoles. Ils furent décrétés terroristes nazis et abattus afin d'éviter que des nostalgiques des années trente tentent d'imposer leurs idées passéistes nauséabondes dixit la présentatrice du journal de vingt heures.

Chapitre 15
La mise en place

Lorsque l'union commerciale européenne avait connu des difficultés avec sa monnaie miraculeuse au début du vingt et unième siècle, un groupuscule comptant quatre vingt douze pour cent de la population européenne s'était essayé à émettre une de ses opinions rétrogrades. Certes, elle n'avait pas été trucidée, son opinion avait été purement ignorée.

Mais alors que le nouvel ordre mondial se mettait en place, les régimes opposants furent anéantis de l'intérieur et par le secours des forces de l'OTAN. Cette prise de pouvoir planétaire s'intitulait : le devoir d'ingérence au nom des droits de l'Homme. Le problème rencontré fut qu'en détrônant divers dictateurs qui avaient les pieds baignant dans le pétrole, ils n'obtinrent pas des démocraties arabes en adéquation avec un flower power niais qu'il serait aisé de manipuler.

Les populations avaient des intérêts éthiques, identitaires et religieux à revendiquer en priorité sur la consommation. Elles ne pensaient pas comme des occidentales, mais comme des orientales, les bougresses. Alors chaque élection post révolutionnaire fit éclore un régime islamiste et fut également l'occasion de violents affrontements dans des conflits d'intérêts rendus impossibles par ces fameux tyrans à la main d'acier qui maintenaient malgré tout une stabilité dans des régions orageuses.

Il fallut que les formateurs d'une démocratie mondiale finissent par générer un conflit de civilisations pour s'imposer et ce fut sanglant, très sanglant.

Heureusement, les philosophes des nouvelles lumières savaient éblouir les opinions à renfort de projecteurs LED.

Les populations arabes et africaines se défendirent avec vaillance, les traditions mirent du temps à agoniser, mais le combat était par delà inégal et perdu d'avance. Un grand nombre de la population occidentale suivirent cela avec effroi et dégoût. La soupe était amère, mais il n'y avait que celle-ci à boire. Que dire lorsqu'on n'a pas la parole ?

C'était déjà pourtant une réalité niée qui était vécue. La paupérisation, la mixité sociale et ethnique qui ne se faisait pas, le marasme économique d'un libéralisme se présentant comme prométhéen était déprimant. Tous les marqueurs du bonheur promis étaient effacés et cependant les politiques, journalistes s'acharnaient dans cette voie, juraient le retour du soleil pour demain, faisaient fi de la volonté populaire contraire.

Bien sûr, plus la démocratie était absente et plus ils causaient de démocratie. Evidemment plus ils imposaient d'interdits, plus ils parlaient de liberté. Forcement, plus ils se gavaient en imposant des restrictions, plus ils parlaient de répartition des richesses. Ils pensaient que plus ils diraient que leur pizza avariée était succulente, plus le peuple idiot le croirait et oublierait ce qui était bon à manger à force de ne plus y goûter. Le stratagème fonctionna longtemps.

Un jour, l'indigestion survint certes et le peuple abusé aurait aimé se réveiller. Il était trop tard.

Chapitre 16
Du rose dans les bleus

1 36 11 est comme ses petits camarades devant le tapis roulant, les immondices pré triées arrivent par la bouche de la machine, la langue noire en caoutchouc se déroule pour vomir les déchets.

Ses mains gantées récupèrent le verre, quatre autres écoliers après lui en font autant, car le débit est trop vif pour la vigilance seule du petit bonhomme. Le tas d'ordures a dépassé la section jaune dont il est le capitaine, il est dépouillé de la moindre particule de verre, c'est la tâche la plus ardue à cause des tessons et débris coupants.

Ensuite la section bleue débarrasse l'amas de sa ferraille imposante afin que la section verte repère les matières de carton ou papiers bien plus délicates. Et enfin, la section noire récolte les précieux composants électroniques, l'or de l'informatique dans l'ère de la carte à puce.

Cette section est le secteur envié des petits travailleurs qui s'y salissent moins, sont en contact avec du déchet plus noble. C'est le privilège des enfants d'enseignants, de journalistes, de policiers, de commissaires du peuple juges et des plus petits politiciens ceux charnières entre les membres de l'hyper démocratisation et des consommateurs.

Il n'y a plus de classes pauvres, moyennes, de petites et grandes bourgeoisies, de prolétariat, de fonctionnaires. Il y a l'hyper dirigeance et les consommateurs.

Il n'y a plus de guerre, tout le monde est mort et zombifié, les jouisseurs de tout en haut comme les brisés de tout en bas. Ceux des sommets éthérés se sont enterrés dans l'ennui, la satisfaction, la facilité, ceux des précipices abyssaux sont décédés de volonté éteinte, de fatigue, de déshumanisation.

La vie sure des uns rejoint la survie des autres dans les mêmes funérailles. Et c'est sans oraison, cercueils que les dépouilles vont de l'avant par mécanisme.

Vers où? Pourquoi? Ils n'en savent rien, mais ils y vont plus fort, plus vite, plus loin , sans rien lâcher pour reprendre le leitmotiv de leur novlangue qu'ils ne comprennent pas eux-mêmes puisqu'elle est aussi dénuée de sens que leur vie.

Surprenant troupeau débile, tout de même que cette foule de cadavres. Ils bêlent, un autre mouton, derrière un écran plat, leur affirme qu'ils rugissent et ils le croient. Salut les lions, allez paître la mauvaise herbe dans le pré carré. Et les pauvres bêtes bêtes s'y pressent agitant leur laine souillée comme une crinière. Pour peu qu'il y ait un peu de vent, quelqu'un pourrait y croire.

C'est l'heure du goûter. 1 36 11 se rend au réfectoire. C'est un self-service. L'astuce pourrie, car il y en a une pour tout dans cette cité viciée jusqu'à la moelle, est d'entretenir le jeunot dans ses excès pour qu'il soit dépendant. La dépendance est la structure du consommateur. Quand il ne peut plus se passer d'un aliment, d'un service, d'un objet, l'industrie le tient, pour le faire cracher, augmenter les prix, baisser la qualité.

Le fils de 1 59 06 prend quatre hamburgers, un litre de caco calo, une petite boite de nuggets, des frites et un milk shake saveur fraises des bois cueillies à la main dans les fougères.

Comme lui a appris le bon professeur des écoles, il faut finir son assiette en pensant aux exclus qui, eux, n'ont rien à manger.

Sa fiancée à qui il a déjà donné un bisou et une bague de fiançailles verte fluo en plastique est assise en face de lui, Il rougit. Elle rougit. Il lui tend des nuggets aux amygdales de poulets pour la séduire. A l'autre bout de la cantine, une tablée de garçons rient d'eux. Alors, ils rougissent encore plus tout en feignant de ne pas s'être rendus compte des railleries. Par bravade, il touche du bout de ses doigts la main de sa petite compagne qui ne l'enlève pas.

Chapitre 17
Comme à la télé

Pour masquer leur gêne, ils rient et se parlent de l'émission de télé qui eut lieu la veille au soir. Il a regardé le concert des empaffés où il y avait le chanteur "la vache" célèbre pour son tube "meuh, meuh". Mais aussi l'ancien exclu repéré par sa maison de disques à neuf ans, l'auteur compositeur interprète du morceau subversif : "j'ai baisé la grand-mère du pape et surtout clémentine, la petite conne moche et hystérique qui s'accompagne d'une guitare sèche pour interpréter "les garçons sont des cons".

Toute cette petite assemblée opulente est chargée le cœur sur la main de taxer par escroquerie sentimentale les consommateurs afin que les exclus puissent manger de l'extrait de bœuf nourri aux antibiotiques et de la papatte (la papatte est un subtil mélange de vieilles pommes de terre, de pâtes alimentaires, de riz, de fécule de maïs transgénique liés par de l'huile de palme de seconde cuisson, pfff, çà tient au corps). L'hyper classe pour supporter sa grande dégueulasserie a besoin de faire des dons avec les biens des autres. Et plus, elle est odieuse au fil des ans, plus l'association caritative leur devient omniprésente. Leur existence est devenue un gala de charité. Charité bien ordonnée qui commence par soi même comme dit le proverbe tant et si bien qu'il ne reste que les miettes aux autres. C'est la grande distribution des miettes.

Elle a regardé une émission littéraire sur la chaîne de service public qui ne rend pas vraiment service et n'est pas véritablement publique.

Le premier invité était un riche petit fils d émigré roumain. Il était de ceux qui croient que c'est l'habit qui fait le moine. Il était donc vêtu comme un clodo. Il avait un visage marqué par une barbe hirsute (une barbe taillée eut fait conformiste, pas anarchiste dans sa tête de con). Ses cheveux longs et gras tombaient en de larges mèches brillantes de crasse et n'étaient pas en mesure de cacher des yeux morts par l'alcool et les drogues. De façon étudiée, il mettait longtemps avant de répondre à une question tout en regardant les cieux dans le mime de la profondeur. Sa réponse jaillissait énervée, confuse, incompréhensible. Il gueulait dans un mélange de français, de roumain et de rien bien qu'il soit né à caco calo land et qu'il reçut une parfaite éducation dans un lycée pour enfants de l'hyper classe. Pour parfaire le costume du ténébreux écrivain provocateur qui est obnubilé par l'art des lettres et involontairement détaché du regard d'autrui, il avait un costume élimé en velours noir et un tee shirt couvert de tâches. Son aîné dirigeait la grande ferme familiale de recyclage des déchets pour la sauvegarde de la planète en danger ou FDSPD. Lui, le cadet était naturellement destiné à la fonction de génie en lutte.

Il eut pu être un grand écrivain malgré cet héritage peu probant, les lettres sont un parasite affectant la nature de l'écrivain au hasard, il n'en était rien. Sa prose trop lourde, épaisse était dépourvue d'esthétique, de fond. Sa confusion n'était pas un langage pris dans sa musique ou décelant des trésors enfouis au commun.

Cette merde n'était pas écrivain donc il aurait de nombreux prix. Il serait imposé maître.

La seconde interviewée était une de celles qui disent tout ce qu'elles vivent, pensent par écrit. Elle est naturellement traumatisée sur tout et pour tout, parle surtout de sa sexualité et a le désir de briser des tabous déjà tombés en poussières depuis longtemps.

Son premier ouvrage : "seule avec mon Gode" rencontra un succès certain. Elle y montrait ses failles, sa confusion, son intimité la plus profonde. Rien n'était caché et ses instants d'abandonisme surtout pas. Elle exposait au clair comme au figuré ses culottes sales en d'autres termes. Forte de ce succès, elle mit ses séances de masturbation en scène dans une pièce de théâtre adaptée du roman.

Il y eut ensuite une exposition de ses culottes négligées à la FIAC où l'œuvre contemporaine se vendit à prix d'or. Alors forte de ce succès, elle fit un expo permanente à Saint Germain des Près où l'œuvre renouvelable tous les trois mois était vendue jusque dix ans à l'avance. Elle prit goût à l'argent facile, à l'exhibition et la notoriété.

Le problème qu'elle rencontrait était de trouver des sujets toujours plus dans la surenchère. La vente de son dernier livre "l'éclatement" n'avait pas le succès espéré.

Cette histoire d'une privilégiée vivant comme une exclue était pourtant d'un cran supérieur dans le sordide. La femme qui s'était mise dans la peau d'une exclue pendant trois mois afin de mieux la comprendre, de mieux parler à sa place, de mieux l'exclure un peu plus avait rencontré des problèmes intestinaux et veineux dus à la papatte et ne pouvait se soigner. Elle souffrait surtout d'hémorroïdes au point de ne plus pouvoir s'asseoir, dormir sur le dos ou marcher sans hurler de douleur. Astucieuse, elle eut recours à la sodomie pratiquée par un voisin des plus coopérants afin de se débarrasser de ce mal. Comme à chaque fois, c'est sans complaisance pour la pudeur qu'elle décrivait avec minutie et réalisme ses tourments intimes.

L'animateur posa la question convenue : "avez-vous vécu ce que vous décrivez ?" Elle rétorquait sans surprise la réponse convenue : Oui.

Elle était subversive d'une subversion qui dessert l'humain civilisé et renforce le consommateur au niveau bestial, coupé de tout sauf de l'achat compulsif et du travail sous payé nécessaire à l'usage de cette drogue. Elle était utile et récompensée pour sa prose anale fait bête pour analphabètes.

Cependant une émission de télé réalité débarquée de quelques contrées anglo-saxonnes lui faisait une concurrence exhibitionniste qu'elle trouvait déloyale et injuste et ses ventes ne trouvèrent le flot d'acheteurs voyeurs habituels.

Elle recrute des exclus au bord du suicide et exauce leur dernière volonté. Quelques candidats demandent un festin, de fumer un cigare ou de faire un tour en Ferrari, mais beaucoup de mâles demandent une nuit d'amour dans les bras d'une des starlettes tapinant dans l'ultra classe.

Et c'est un show que d'assister aux ébats de ces pouilleux édentés crasseux de la pointe des orteils jusqu'aux bout des ongles et de ces consommatrices professionnelles de la fesse dans le but inavoué et parfois réalisé de devenir des épouses d'hyper démocrates ou des présentatrices.

Les mines écœurées des pin up lorsque les exclus les pénètrent ou qu'ils essaient de les embrasser valent tous les bonheurs de la terre aux consommateurs. Ce sont leurs jeux du cirque. C'est la joie mauvaise du peuple humilié qui s'exprime.

"Il n'y a pas d'amour plus grand que celui des pauvres" a écrit Albert Cohen dans Le Livre de Ma Mère. Il n'a pas dû y rester longtemps parmi les pauvres ou alors, il avait de lourdes difficultés à observer.

La misère est le terreau roi pour que la jalousie, la rancœur, la mesquinerie et toutes les autres bassesses puissent éclore. Le voisin qui a le bout de pain, pour peu qu'il s'en serve pour pavaner, est l'ennemi à portée de main, celui sur lequel il est possible de se défouler. La faim peu amie avec les grands sentiments exacerbe la jalousie. Le miséreux se sent en droit de déposséder son voisin de condition idoine. Le privilégié ne réside pas dans le même lieu, a une protection policière plus efficace, il est perçu comme puissant et les exclus le redoutent plus aisément que le pauvre diable démuni qui a trouvé une pièce cent sous.

L'ambition envolée dans sa condition précaire, l'indigent n'aura pas le courage de voler des millions qu'il pense ne pas être faits pour lui. Pour le steak dans la cuisine du voisin de bicoque, il trouvera les ressources. Sa conscience sera plus facilement au repos aussi paradoxal que cela puisse paraître. Il rationnalisera en se disant que c'est la vie, que c'est marche ou crève, que c'est lui ou moi..

S'il dépossède un riche, outre les conséquences bien plus lourdes au pénal qui ont tendance à l'effrayer, il se sentira propriétaire d'un bien trop élevé pour lui, à une place nouvelle qui n'est pas la sienne, dans son esprit, avec un mode de vie où il sera perdu.

L'écrivaine, à l'écrit vain, à l'écriture vaine, il est certain, n'est pas en mesure de lutter contre le râle jubilatoire de la créature désespérée entrain de jouir dans le vagin malmené de la pute snob, mais prête à tout pour appartenir à ce curieux monde médiatique.

La caméra zoome avec adresse sur l'expression fauve de l'exclu en pleine fornication, sur la joue emplie de larmes de sa partenaire peu réjouie avec adresse et délectation. La non moralité est exposée, l'audimat explose. La civilisation achevée tressaute encore légèrement.

Le suicide qui suit se fait par injection létale à la manière des exécutions de peine de mort aux USA. Le pauvre bougre après une bonne baise regrette souvent son choix et voudrait renoncer. Trop tard, le contrat est signé, le quatrième astérisque précise bien en latin que le candidat ne peut renoncer à son autolyse. Il est venu pour se suicider, il a eu son passage télé et sa dernière volonté exaucée, qu'il meure.

Un micro stéthoscope est collé à sa poitrine, il est sanglé, la caméra une est fixée sur un gros plan du visage, la caméra deux filme le corps dans sa totalité, la caméra trois est en plongée sur le public dans les gradins et trois autres caméras sont au plateau pour le présentateur les divers intervenants Moyennant un dollar par appel, l'un des quatre vingt seize millions de téléspectateurs pourra gagner un authentique juke box des années soixante entièrement garni de vinyles de l'époque s'il répond à la question : Quelle est la couleur du cheval blanc d'Henri IV?

Le gogo a trouvé la réponse, il téléphone. Pourquoi pas lui ? la semaine dernière, madame 2 98 43 a été tirée au sort parmi les gagnants et a remporté une fenêtre de cuisine UV amplifiés qui permet de bronzer même la nuit et en hiver. Fait-elle depuis sa vaisselle à poil pour ne pas avoir la trace du maillot ?

Après une dernière coupure publicitaire afin d'entretenir le suspense et d'obliger les consommateurs à ingurgiter de l'incitation à l'achat, le suicidaire de la semaine est à l'honneur. Une musique d'ambiance alourdit l'atmosphère, les lumières se baissent sur le plateau, le public se tait sous l'imprécation gestuelle d'un chauffeur de salle. La caméra numéro deux met en exergue la seringue actionnée mécaniquement.

La caméra une vole à son tour, la vedette. La musique cesse. La régie monte le volume du micro stéthoscope. Le visage se fige. Les yeux sont exorbités de peur. La pâleur cire le teint de l'exclu. Les narines se dilatent jusqu'au bord de l'éclatement à la recherche d'un air qu'elles ne semblent plus aptes à trouver. La gorge se serre davantage. La bouchée bée montre des chicots rares et ignominieux. Un cri ne peut sortir et fait place à une écume. La langue pend. Le corps tremble. Les yeux passent un dernier message exprimant l'horreur. Il est mort.

Une minute de silence laïc est observé sur le plateau où les projecteurs se sont déjà rallumés pour mieux saisir l'émotion peinte sur le visage circonstancié des divers intervenants. Le docteur psychiatre spécialisé en gestion du stress traumatique, pré traumatique, post traumatique et tics nerveux commence sa séance de rebirding néo transcendantal arménien à visée limbo céphalique sponsorisé par le mercurochrome blue connexion.

Une musique du monde électronique tibétaine renforçant l'attitude relaxante imposée. L'animateur et les invités vivent la fameuse transe hystéro-purge pour expulser physiquement, moralement et symboliquement le choc. Puis, en toute impolitesse, une musique gère, signale la transition à un autre état d'esprit. Il est maintenant l'heure du tirage au sort félon pour dénicher l'heureux gagnant du juke box rétro. La jeune femme dernière volonté de l'exclu réapparaît sur le plateau. Le public applaudit avec enthousiasme toujours sous l'impulsion discrète du chauffeur de salle, la performeuse humaniste ayant donné de sa personne pour satisfaire la dernière exigence d'un malheureux sort maintenant du grand carrousel existentiel, elle n'est plus anonyme, youpi. Celle-ci remaquillée, recoiffée, changée a du mal à masquer la bouffée d'orgueil qui empourpre ses joues. Elle fait une large gestuelle aux allures modestes pour faussement supplier une discrétion qu'elle ne souhaite surtout pas. Sa main innocente manucurée aux ongles carmin extrait une enveloppe bleutée qu'elle décachète avec élégance. Le gagnant est 1 46 15 qui habite avenue lego à Caco Calo Land. On applaudit bien fort l'émérite vainqueur.

Voici l'émission type face à laquelle la phraseuse impudique se trouve en concurrence sur le segment de marché de l'outrance. Que valent ses crises hémorroïdaires existentialisto-pornographiques face à une partie de cul cradingue sur fond dramatique ? Sa carrière est fichue.

La voici en passe de se retrouver déchue à une reconversion dans la voyance ou la politique. Elle qui était à deux doigts d'atteindre les deux seules activités supérieures à celles d'artiste : l'industrie et l'immobilier, qui avait tant donné de sa personne, qui avait tout dit. Elle se sent trahie, abandonnée, déclassée et pour la première fois de sa vie : sale.

Le dernier interrogé est un scientifique ayant également une formation en Histoire, en latin et en lettres. Ses livres sont aussi au carrés que son lit, autant à l'équerre qu'un triangle rectangle, aussi soignés en écriture que son costume sobre. Pas une virgule ne dépasse,

c'est un haut technicien de la littérature, un spécialiste de la sémantique, rigoureux comme un mathématicien, un historien à la véracité du détail. Son travail est impeccable, il n'y a rien à dire.

Et son éditeur réjoui reçoit chaque manuscrit en temps et heure, manuscrit où jamais la moindre faute, la moindre étourderie n'injurie l'oeuvre. Les phrases sont courtes, le mot est à sa place exacte et décrit le personnage, le lieu, la situation avec une justesse qui l'honore.

Mais ce Vauban de la plume a cependant bien des tares dans sa prose. Il cite dans une permanence lourde les grands et petits auteurs de sorte qu'il est amputé d'une opinion propre. Il construit des ouvrages cubiques, sans vallées accidentées, sans couleurs comme il fabriquerait un bunker. C'est solide, à l' architecture indestructible, mais gris, fade, pas même triste puisque l'émotion y est absente. Il y a matière, particulièrement en histoire à choquer.

La réalité est une compagnie sans éducation, se fichant bien de ce qui est séant ou non. Elle est volontiers discourtoise, infidèle aux idéaux, persifflante, cruelle. L'intellectuel pourrait se rendre intéressant en étant provocateur, au lieu de cela, il pose ses parpaings à égale distance, alignées, le ciment ne dépasse pas de la jointure. C'est uniforme. Jamais un peu d'anis dans le verre d'eau plate, jamais d'épices dans le plat sans saveur.

Cet homme de qualité perd tout en ne prenant pas de risques. Dans sa vie, il est d'égale platitude à son œuvre. Les femmes ne restent pas. Les connaissances nombreuses l'invitent, car il est glorifiant d'avoir des copains aussi instruits, élégants et intelligents, mais il n'a pas d'amis.

Pas doté de rage, ni de chaleur humaine il n'en reçoit pas à son tour. C'est un bel homme, bien éduqué, pas omniscient, mais presque. En étant autre qu'un vecteur de ses sciences il serait attractif. Au lieu de cela il est invisible.

Le lire est une souffrance, car sans imagination, sans anicroches, sans sens épique, comique, dramatique, un ouvrage devient un assemblage de faits par des mots, du papier noirci, devient sans nature.

Le livre est ainsi vicieux qu'il ne sait se passer de la technique, de la cohérence, qu'il ne peut céder uniquement à l'émotivité. Il a un sel mathématique mais sans fantaisie, sans génie, sans cris, rires, larmes, excès, style indépendant, il devient vite un manuel, un cahier, un annuaire, un bréviaire.

La littérature court dans les veines avant de se déposer sur le papier. Elle ne peut se résumer à une technique universitaire, aussi pointue, puisse t elle être. Un écrivain est d'abord un malade, pas un malade mental, un malade ayant en lui la maladie littéraire, une entité en lui qui pervertit jusque son regard. Il ne voit pas une lune, un banc, une plage, une ville une montagne avec les yeux du commun.

Cette substance, bien qu'ayant besoin d'une formation sûre, est indispensable à l'artiste pour pouvoir avoir le rare privilège de mériter ce titre.

Le scientifique aux multiples doctorats, si méritant, si doué en ses matières maîtrisées est un érudit, mais il n'est pas un écrivain.

Chapitre 18
La plus belle femme du monde

Le très jeune couple n'en est pas à ces humeurs donc à ces opinions. Bon public, téléphages par conditionnement et désœuvrement, ils ont goûté et apprécié les spectacles en bons téléspectateurs.

Les petits tourtereaux, presque des oisillons s'escriment à ne pas se laisser perturber par l'embarras que cause la raillerie de la bande d'envieux qui ne cesse de les déstabiliser par des regards, des gestes, des ricanements et leur diversion vers ce résumé des émissions de la veille sert à cela.

Dans un univers où la pression et la violence sont là toujours en toile de fond, mais où la riposte physique est proscrite, d'énormes ressources d'abstraction, de contrôle sont développées. Et le jeune consommateur est un excellent stratège qui ruse avec son esprit, son ressenti à la manière d'un grand général qui doit gérer aussi bien avec ses troupes qu'avec l'ennemi.

Le sol s'ouvre en ravin sous eux par la honte qu'il leur est infligée. Ils décident comme un seul être et sans mot prononcé de refermer le ravin, de dresser un mur de montagnes entre eux et le reste de l'école.

1 36 11 regarde sa petite blonde potelée et lui dit : « Ils sont jaloux parce que tu es la plus belle femme du monde ».

Elle prend le compliment aux creux de l'estomac et l'accepte par un sourire radieux comme un soleil de félicité.

Chapitre 19
Une con fit danse

Dans ces époques de grandes oppressions, il y a diverses manières de s'adapter comme la fuite, une vie parallèle et cachée, la prise de pouvoir, la rébellion, la soumission. La délation en est une autre et puisqu'il y a tant d'interdits et qu'ils pénalisent tant, les mouchards sont légion. Ils obtiennent de petites faveurs lorsqu'ils dénoncent un voisin, mais surtout un sentiment de puissance, une joie sadique. Et le pouvoir est friand de ce genre de climat propice aux plus mauvais côtés de l'homme. Le petit 136 11 confie tout à sa dulcinée qui confie tout à sa mère. Il lui raconte l'épisode de la fessée, les insultes de ses parents devant le poste de télévision contre les animateurs, les artistes et les politiciens. Mais il parle de plus grave encore, à savoir comment il se retrouve avec trois montres espionnes au poignet parfois pendant les P O B pour que ses géniteurs puissent se croiser un peu et partager quelque intimité dont ils semblent être très en demande en ce moment. Le petit garçon ne pense pas à mal, au contraire, il est heureux de constater l'amour de sa mère pour son père et réciproquement. La petite fille n'a pas agi par méchanceté en se confiant à sa maman, elle voulait en quelque sorte lier les deux familles à travers les secrets, c'est-à-dire l'intimité. Jamais elle n'aurait pu imaginer avoir une mère délatrice. Comme beaucoup de petites filles, elle idéalise sa famille.

La mère veut améliorer son ordinaire,, sa condition est de cinquante dollars en dessous d' 1 68 07. Elle envie cette famille. Elle n'aime pas avoir cette envie en elle. Elle veut détruire cette famille pour ne plus ressentir ce sentiment et hériter d'une partie de leurs biens en butin pour sa délation.

Quatrième partie
La famille

Chapitre 20
Améliorer l'ordinaire

Elle se rend au bureau pour la bienveillance commune, l'antenne de police qui réceptionne les dénonciations et rapporte le récit de sa fille en y ajoutant des propos racistes, crime suprême. Une enquête est ouverte. Ce qui veut dire que la famille soupçonnée a déjà un pied chez les exclus. Il n'y a pas besoin de preuves irréfutables en cette ère déstructurée pour être condamné. Et le racisme est un crime majeur. Son soupçon est suffisant. Les journaux n'en n'ayant pas eu depuis longtemps s'arracheront à prix exorbitant les informations. Les enquêteurs sont en liesse. L'enthousiasme du lynchage prend son crescendo. Deux Européens ensemble, cela a déjà une connotation douteuse. La machine s'emballe dès le démarrage, il n'y a rien qui puisse l'arrêter.

1 59 06 a déjà fait neuf ventes lors de cette journée exceptionnelle lorsque deux policiers entrent dans la salle de travail. Le superviseur, tout étonné, met un peu de temps avant de désigner de l'index le box du commercial incriminé. Ce dernier ne comprend pas ce que lui veulent les deux représentants de l'ordre, du nouvel ordre.

Il pense à une défaillance du compteur de son cartombike, à un accident survenu à son domicile.

Sous les deux casquettes sponsorisées par Nite, la célèbre marque de sport, la haine qui se lit lui fait rapidement comprendre qu'il s'agit d'autre chose, mais quoi ? Sa compagne de consommation est déjà au poste, leur fils également. Aucun ne chercher à nier, sauf pour le racisme. Les interrogatoires à bâtons rompus, se croisent, les versions sont similaires. La police judiciaire décide de s'en tenir à ces premiers aveux faisant confiance à la cour d'assises, son juge, son procureur, son juré de consommateurs et son grand inquisiteur de l'ordre métissé pour démystifier les dénégations de la défense. Ils sont performants et y parviennent sans coup férir à chaque fois.

La petite famille ressort déstabilisée et libre du commissariat. Ils sont convoqués le mois prochain. Un avocat choisi par le tribunal assurera leur défense. L'inspecteur qui les a questionnés ne prend pas le temps de triturer son épaisse et grise moustache comme il le fait pour se relaxer après chaque mise en examen habituellement. Il s'empare du téléphone, compose un numéro, puis demande à parler directement au rédacteur pour une grosse affaire. Celui-ci l'écoute avec grande attention, prend des notes, lui fournit un rendez vous pour de plus amples informations.

C'est le pactole, pour l'inspecteur, pour le journaliste, pour son magazine, pour la télévision, pour l'écrivain qui en fera un livre, pour le scénariste, pour le réalisateur, pour les acteurs du film qui ne manquera pas de suivre.

Chapitre 21
La fuite

2 67 06 plus forte que ses deux mâles, plus habituée aux situations dramatiques, sait ce qui lui reste à faire. Elle leur sourit en promettant que tous s'en sortiront, elle sait qu'il n'en est rien.

Pendant le trajet de retour, elle leur donne la main, les stoppent souvent pour les embrasser.

Le soir, elle leur prépare une succulente langoustine à la sauce armoricaine avec du riz pilaf. Le repas des condamnés, mais ils ne s'en doutent pas.

Auparavant, elle a prétexté avoir oublié de donner des consignes très importantes à l'hôpital. Elle les a abandonnés un cours instant, celui qu'il lui fallait pour se rendre dans la pharmacie de l'établissement afin de dérober quelques ampoules de morphine et des barbituriques.

Cette famille feint la bonne humeur ce soir là, mais elle est transie de peur. 2 67 06 broie avec adresse les cachets qu'elle incorpore dans la sauce en se préservant des endroits sans ce produit. Elle en met aussi dans leur verre de caco calo et attend leur sommeil qui ne tarde guère à venir.

Elle, il faut qu'elle reste éveillée, il le faut à tout prix. Bientôt 1 36 11 à la constitution plus fragile commence à bailler, à cligner des yeux, elle va le coucher comme quand il était encore un bébé. Elle lui parle doucement. Elle le borde. Elle l'embrasse. Quand elle revient, 1 69 06 s'est assoupi drogué, sur la table de la salle à manger. Elle le porte patiemment jusqu'au lit, le déshabille.

Un rideau de larmes lui obstrue la vue. Elle l'essuie plusieurs fois, car sans arrêt, il revient. Il lui faut continuer, aller jusqu'au bout. S'ils deviennent des exclus, ils mourront dans d'atroces conditions.

"Mon Dieu" hurle t elle, sans pourtant y croire, "Aide moi, donne moi la force, donne moi ta force".

Les jambes twistées de forts tremblements se dérobent plusieurs fois. Tout est ralenti. Sa notion du toucher est modifiée. Elle se sent dans une atmosphère irréelle. Elle se rend en automate dans la salle de bain, y prend sa trousse de secours et sort de son sac à main les ampoules d'opiacées. Ses mouvements sont comme mus par quelqu'un d'autre.

Elle retourne dans la chambre de son fils, remplit une seringue et lui injecte sans qu'il ne se réveille. Elle n'attend pas que la petite respiration cesse. Le "travail" n'est pas fini.

Elle s'agglutine devant la penderie, sort sa plus belle robe et s'allonge près de son mari. Pour la première fois et dernière fois, elle le nomme par un prénom qu'elle a inventé en secret pour lui : Ludwig. Elle lui dit : "Ludwig, mon époux, mon amour, je t'aime, je t'aime tellement." Elle l'embrasse une dernière fois sur des lèvres qui ne réagissent pas, puis l'aiguille se plante au creux du bras droit avec assurance. Il a un sursaut et retombe dans un sommeil qui sera bientôt mort.

Son dernier acte à elle est de poser sa cuisse sur ses jambes à lui, de coller ses seins contre le corps de son chéri et de le rejoindre dans une dernière poussée de la seringue dans ses veines. Ses grands yeux verts se retournent. Elle sent comme un orgasme, le dernier.

Epilogue
S'ils le disent

Un premier article de journaux sort le lendemain matin qui les incrimine suite aux déclarations de l'inspecteur. Leur corps ne sera découvert que le mois suivant après tant d'articles, de débats. Pestiférés par soupçon, nul n'avait souhaité être vus en leur compagnie. C'est une compagnie de CRS chargée de rapatrier les suspects présumés au tribunal qui fera la macabre découverte. Sur les corps en mauvais état sonnent trois montres mouchardes, les courriers de menace envoyés systématiquement en cas de P O B ratés débordent de la boîte aux lettres. Le diffuseur de parfum automatique ne réussit pas à masquer l'odeur suffocante.

Devant le parterre de la cour d'assises, l'essaim de journalistes furieux d'avoir fait le pied de grue pour rien va piquer de son dard le plus venimeux les jours suivants :
"Une famille de néo nazis n'a pas eu le courage de répondre de ses actes" titre la Une le Journal de la Grande Liberté.
Le livre qui aura le prix Goncourt, le prix de Lips, le prix de Saint Germain des Près, le prix des Génies, le prix Cassoulet à l'authentique Graisse d'oie de Castel Naudary, s'appellera "Les Lâches".
Le film aura pour nom : "Une famille a ne pas connaître" et recevra de nombreuses récompenses tels des César, des Oscar.

Dans une petite école de la mégacapitale de Caco Calo Land, une petite fille est seule au milieu de cent quarante millions d'habitants. Les autres élèves ne tiennent pas à lui parler, elle ne tient pas à leur parler. La blondinette pleure. Seule à une table de la cantine, elle ferme les yeux et le revoit lui dire : " ils sont jaloux parce que tu es la plus belle femme du monde".

Table des matières

Première partie - 1 59 06 5
   Chapitre 1 - Sans délais 7
   Chapitre 2 - Le bon docteur 11
   Chapitre 3 - Outre mangeurs et outre monde 15
   Chapitre 4 - À table 21

Deuxième partie - 2 68 07 23
   Chapitre 5 - Une plage de passion 25
   Chapitre 6 - L'adémocratie 29
   Chapitre 7 - La femme Atlas 31
   Chapitre 8 - La dénaturation 33
   Chapitre 9 - Onirisme honorable 37
   Chapitre 10 - La guerre factice 39
   Chapitre 11 - Un onirisme honorable 43
   Chapitre 12 - Encore 47

Troisième partie - 1 36 11 49
   Chapitre 13 - La leçon d'éducation 51
   Chapitre 13 - Cons sommation 55
   Chapitre 14 - Du cœur et de la raison 61
   Chapitre 15 - La mise en place 65
   Chapitre 16 - Du rose dans les bleus.................................67
   Chapitre 17 - Comme à la télé 69
   Chapitre 18 - La plus belle femme du monde...................79
   Chapitre 19 - Une con fit danse 81

Quatrième partie - La famille 83
   Chapitre 20 - Améliorer l'ordinaire 85
   Chapitre 21 - La fuite...87

Epilogue - S'ils le disent 89

www.ingramcontent.com/pod-product-compliance
Lightning Source LLC
Chambersburg PA
CBHW070606180626
46817CB00005B/2019